「どうしたんだ、カロン？」
「お兄さま成分を摂取しています」
死ぬ運命にある悪役令嬢の兄に転生したので、妹を育てて未来を変えたいと思います
～世界最強はオレだけど、世界最カワは妹に違いない～
2
泉里侑希
Illust
タムラヨウ

カロン
恋愛シミュレーションゲーム『東西の勇聖記（ブレイブセイント）』の悪役令嬢。ゲームではすべてのルートで死ぬ運命にある。ゼクスの導きで心優しい子に育ち、希少な光魔法の使い手となる。
オルカ
『東西の勇聖記（ブレイブセイント）』の攻略対象のひとり。まるで少女のような容姿だが、男の子である。ビャクダイ男爵家の三男だったが、内乱を察知した家族によって伯爵家に養子に出された。

アカツキ
『東西の勇聖記（ブレイブセイント）』の裏ボス。現時点での世界最強。
シオン
ゼクスの専属メイド。生真面目な性格だが、実際はかなりのおっちょこちょい。王宮からスパイとして送り込まれてきたものの、エルフであることをゼクスに看破され協力者にされた。
ゼクス
フォラナーダ伯爵家の令息でカロンの兄。日本人として生きた記憶を持つ転生者。無能と蔑まれる無属性魔法の適性持ちだが、前世の知識を駆使して世界最強の魔法師への道を突き進む。

「さぁ、お休み、憐れな大罪人よ。
二度と目を覚ますことはあるまい」

死ぬ運命にある悪役令嬢の兄に転生したので、妹を育てて未来を変えたいと思います
~世界最強はオレだけど、世界最カワは妹に違いない~
2
泉里侑希
Illust
タムラヨウ

CONTENTS

Section1　裏ボスからは逃げられない

春。オレ、ゼクスは八歳を迎えた。

つまり、前世で販売していたゲーム――『東西の勇聖記』と酷似したこの世界に転生して八年。最愛の妹カロンが原作における悪役令嬢のポジションであり、どう足掻いても死ぬ運命にあると知って約七年が経ったわけだ。

カロンの運命を覆そうと必死に努力し続けただけあって、月日が過ぎ去るのは、とても早く感じる。八ヶ月前に起こった聖王国北東部での内乱なんて、つい昨日のできごとのように思えるもの。

前世でいう小学二年生の頃合いだが、これといって大きな変化はない。無属性の証明である白髪薄紫眼の容姿は相変わらずだし、体格もまだまだ未熟。少し顔立ちがハッキリしてきたかな？　と思わなくもないけど、心なし程度のものだった。

現在、オレは書類仕事を進めている。昨日は、カロンたちが催してくれた身内だけのパーティーに参加したため、若干仕事が溜まっていたんだ。部下たちが優秀なので、ほんの僅かに量が増えた程度だけど、残業は嫌だから手早く終わらせるつもりである。弟妹と遊ぶ時間を削るのは、何としてでも避けたい。

カリカリとペンを走らせていると、家令を務める初老の男、セワスチャンが入室してきた。彼は人事を主に担っているため、それに関する報告に訪れたのだろう。

オレの前に立った彼は、一礼した後に言葉を発した。

「お忙しいところを失礼いたします。少々お時間をいただけますでしょうか、ゼクスさま」

「構わないよ。どうかしたか？」

オレはペンを止め、セワスチャンの方を見た。

彼は特段変わりない様子だから、トラブルが起こったわけではなさそうだ。

「二点ございます。はじめに、以前より募集していました魔法の教師が決まりました」

「やっと決まったか」

冒険者を始めた辺りから探していたので、実に一年近くかかったか。

これほど時間を要したのは、明確な原因があった。それは内乱介入の一件である。

カロンの名声が高まりすぎて、どの魔法師も教師役を担うことに気後れしてしまったんだ。何かあった時に責任が取れない、と。

正直言うと、魔法の教師を雇う必要性は皆無に等しい。このまま放置しても、魔法教育という点においては問題ない。

だが、貴族とは体裁が重要な生き物だ。雇わないと外聞が悪いうえ、変に目立つのは必至。ゆえに、これまで募集し続けていたんだ。

「誰になったんだ？」

オレが問うと、セワスチャンは珍しく躊躇いを見せた。

彼はおもむろに言う。

「宮廷魔法師の若手のエースと聞いております」

「は？」

今、何て言った？

「宮廷魔法師と聞こえたんだが……聞き間違いだろうか？　いや、聞き間違いだと言ってくれ」

オレが頭を抱えて尋ねると、セワスチャンは無念そうに頭を振った。

「残念ながら、聞き間違いではございません。宮廷魔法師の一人が教師を務めてくださると、王宮側より打診がありました」

「……断れねぇ」

思わず口調が崩れる。王宮からの打診を、伯爵風情が蹴られるわけがない。

聖王国において、聖王家の権力はとてつもなく強い。国の半分以上の貴族が聖王家――王宮派に属しているため、聖王家に睨まれると一気に国の大半を敵に回してしまうのである。武力衝突だけではなく、経済制裁なども実行され得るだろう。最悪、すべての王宮派が結託してフォラナーダ周辺を封鎖。陸の孤島に仕立て上げる可能性もあった。

以前よりも地力をつけたとはいえ、四面楚歌の状態で運営し続けるほどの力は、今のフォラナーダにはない。ジリ貧になるのは目に見えていた。

そういった理由から、現段階で王宮派と対立するには力不足と判断できる。もうしばらくは大人しく従っておくべきだろう。

この辺りの力関係は、聖王家が歴史の中で築き上げてきた努力の結晶だよなぁ。建国から今日までの千年近くを費やして少しずつ派閥を広げていき、着実に力を蓄えていった。フォラナーダにはない、長い積み重ねの力と言えよう。

かといって、乗り気になれないのも事実。どう考えてもカロンを懐柔する気満々だもの。若手のエースらしいし、きっと見栄えの良い男でも送りつけてくるはず。ついでに、フォラナーダの内部情報でも抜き取る算段か。

あちらのスパイ――シオンがきちんと機能していないことを、悟られている可能性も出てきたね。王宮側へのアプローチは、慎重を期さないといけない。

オレは溜息を堪え、セワスチャンに指示を出す。

「受け入れる方向で話を進めてくれ」

「承知いたしました。時期は秋頃になるかと。使用人たちへ、たぶらかされないよう警戒を呼びかけ、準備を進めて参ります」

「そうしてくれ」

セワスチャンも状況を理解してくれている。情報漏洩を完璧に防げるとは思わないが、注意喚起を行うのは大切なことだった。

話が一段落し、やや間を置いてから、彼は二つ目の報告をする。

「次のご報告に移ります。お誕生日の翌日に申し上げるのは、忙しなく思われるでしょうが、来年の九令式関連のご相談を申し上げたいのです」

「もう準備を始めないといけないのか」

セワスチャンに言われ、オレは「ああ」と得心の息を漏らす。

九令式とは、この世界特有の祝祭だ。簡単に説明すると、九歳を迎えた子どもを祝うものである。

実は、この世界の人類の成長度合いは、前世の人間とは些か異なる。幼少期はおおむね同じなんだが、九歳から十五歳の間に、一気に成長し切ってしまうんだ。学園制度が設けられる前は、十五歳で成人とされていたくらいだった。

そんなわけで、九歳は大人に踏み出す境目の年齢であり、世間的には特別扱いされていた。だからこそ、九令式という形で周りが祝うんだ。前世の知識に照らし合わせると、七五三が感覚的に近いかもしれない。

貴族ともなれば、九令式には大々的なパーティーを行わなくてはいけない。近隣領や同じ派閥の貴族たちへ招待状を出し、それはもう豪勢に開催するんだ。元日本人の感性的には質素で良いと考えてしまうんだけど、貴族の面子的に不可能。潔く諦めるしかなかった。

「招待する相手の選別やらは内務と外務の仕事だから……セワスチャンは何を相談しに来たんだ？」

「どういった式にするかのすり合わせと、当日の臨時使用人の導入に関してですね」

「式はシンプルでいいよ。これといって、こだわりはない。臨時の雇用については、セワスチャンの裁量に任せる。一応、諜報部に身元の確認はさせるけど」

「承知いたしました。では、九令式はオーソドックスなものを想定して、準備を進めますね」

「うん、頼むよ」

手短に用件は終わる。とはいっても、今回で相談が終わったわけではなく、今後何回も話をすり合わせていくことになる。何せ、まだ一年も先の話。現時点ですべては決められない。

セワスチャンが執務室を出ようとしたところ、同室で仕事をしていた部下の一人が声を上げた。それは外務担当の重役、ダニエルだった。

「ゼクスさま。ちょうど九令式を話題に上げられたので、私もご相談申し上げてよろしいでしょうか?」

オレは首を傾げる。

彼のことは、よく知っている。フォラナーダに務めて長い人物で、父上のいい加減な統治下でも、めげずに辣腕を振るっていた。

そんな彼が若輩のオレに相談とは珍しい。

「構わないけど……このタイミングってことは、セワスチャンにも共有してほしい話か?」

「はい。のちのち、セワスチャン殿にもお伺いする内容です」

「そうか。セワスチャン、まだ残ってくれ」

「承知いたしました」

扉に手をかけていたセワスチャンは、慇懃な態度でオレの前へと戻った。

また、先に口を開いていたダニエルも、彼の隣に並ぶ。

「で、オレとセワスチャンに相談したいこととは？　他の面々がいる中で話しても大丈夫か？」

この執務室には、数名の部下が集まって仕事をしている。何らかの不備が発生した際、すぐに手配を回せるよう、常に複数人が駐屯しているんだ。

外務には繊細な情報が回ることが多々ある。場合によっては、人払いをする必要があった。

ただ、オレの配慮は要らぬものだったらしい。ダニエルは心配無用と首を横に振った。

「むしろ、多くの方の意見を得られた方が良いでしょう。無論、身内に限りますが」

「九令式関係で多様な意見が欲しい話、か。あまりピンとこないな。結局、何の相談なんだ？」

「婚約者の話でございますよ、ゼクスさま」

「あー」

ダニエルの言葉に、オレは一瞬だけ呆然とした。その後、何とか言葉を絞り出したものの、何とも気の抜けた声になってしまった。

眉間を指で揉み解しつつ、再度口を開く。

「そう、だったな。九令式を越えたら、婚約者を決めなくちゃいけないのか」

九令式（くれいしき）は大人への第一歩。大人の道へ歩み出すということは、貴族にとって大事な義務を果たす準備も始めなくてはいけない。つまりは後継の用意。ひいては配偶者の用意である。

聖王国の上位貴族には、九令式（くれいしき）の後に婚約者の募集を行い、一年以内に決定する風習があった。

「その通りでございます」

小気味（こきみ）好（よ）く返事をする彼の態度が何となく楽しそうで、少し恨めしく思う。

まぁ、実際に楽しいんだろう。彼から見てオレは上司だが、孫ほど年齢の離れた子どもでもある。そんなオレの結婚相手を選ぶのは、孫の結婚相手を選ぶのと同じ感覚なのかもしれないな。

しかし、婚約者か。貴族の定番ではあるけど、いざ自分の身に降りかかると複雑な気分になる。

補足しておくと、オレは政略結婚に否定的な感情は抱いていない。世の中の恋愛主義者は『個人の自由がー』なんて主張するが、結婚イコール恋愛の終着点ではないんだ。結婚というツールを使うものの一つに恋愛があるだけ。そも、イマドキは恋愛したからって結婚するとも限らないし。

それに、政略結婚だからって、恋愛できないわけでもない。結婚してから相手を好きになっていくのも、大いにアリだと思う。

そういった考えを持っているため、オレは婚約に対しては悲観的ではなかった。

では、どうして複雑な気分かと言えば、

「オレに婚約を申し込む令嬢なんているか？」

相手がいない、という一点につきた。

思い出してほしい、オレの魔法適性を。

――無属性なんだ。世間では無能や色なしと蔑まれている人間。そんな男の下に娘を送り出す親はいないだろう。

貴族的観点でも、うまみは少ない。後継に無属性の血が混じってしまううえ、他家から見たら、オレがフォラナーダの家督を継ぐかは不透明。いや、優秀な妹が存在する分、可能性は低いと判断されていることだろう。いくら女領主の前例が少ないとはいえ、その選択肢が浮上するくらいには、オレとカロンの適性差は大きすぎた。

実際はオレが伯爵領の実権を握っているので、次期当主の座を得るのも時間の問題なんだが、その情報は外に漏らさないよう厳重に守っている。しかるべき時が訪れるまで、絶対に明かされない。

要するに、オレは結婚相手としての魅力に欠けていた。自分で言うのも悲しいが、客観的事実である。

「「「「……」」」」

オレの言葉を受け、執務室に深い沈黙が訪れる。部下たちも全員、オレの立ち位置について理解しているみたいだった。

良かった。ここでトンチンカンな発言をするようだったら、クビを言い渡すところだったよ。

ダニエルが、絞り出すように声を上げる。

「ゼクスさまの実力を――」

「却下」

彼が言い終える前に切り捨てる。どうせ、オレにまつわる情報を公開しようとか言うつもりだったんだろう。

それはダメだ。未だカロンの名声は落ち着いておらず、刺客が後を絶たない。そんな状況下で、さらなる敵を生む行動を起こすわけにはいかなかった。手が追いつかなくなる。

状況次第だけど、最低でも二年は様子を見たい。それくらい待てば、現状が落ち着くか、フォラナーダの力が十分育つ。そうしたら、ようやく情報解禁だ。

九令式には間に合わないけど、こればかりは仕方なかった。

沈痛な面持ちの彼に、オレは肩を竦める。

「別に婚約者が決まらなくてもいいさ。結婚相手は、学園生活の間にでも決めればいい」

すべての貴族が、九令式前後に婚約者を決められるわけではない。国内すべての子どもが集まる学園にて、結婚相手を探す者も多々存在した。

「ですが、それではゼクスさまの名に傷がッ」

「確かに、伯爵子息なのに婚約者がいないとなれば、オレ個人に問題があると思われる。でも、そんなの今さらさ。だって、オレは無属性なんだから」

無属性の時点で、オレの評判は地に落ちている。婚約者の有無程度で今よりも下がりはしない。

落胆するダニエルへ、オレは優しく声を掛ける。

「まぁ、申し込みがないとは限らないさ。一年以上も猶予はあるんだから、そこまで悲観する必要もないだろう。今は様子見だよ」

「……承知いたしました」

希望的観測であることは、彼も重々承知しているだろう。それでも、オレの意思を尊重して追及はしなかった。本当に優秀な部下たちだよ。

相談が終わり、場に重い空気が流れる。話していた内容が内容だけに、なかなか払拭できそうにない雰囲気だった。

しかし、それはすぐに終わる。救世主の如く、部屋にノックの音が響いたんだ。

入室を促すと、その者は元気良く姿を現す。

「お兄さま！」

はたして来訪者の正体は、妹のカロンことカロラインだった。腰まで届く金の御髪は、一本一本が解れなく艶やか。白磁の肌に乗る目鼻立ちは、まだ幼いながらも美しく整っている。我が天使は、今日も変わらず愛らしかった。

これほど可愛いカロンが死ぬ運命に囚われているというんだから、現実は非常に残酷だ。何としても打破しなければならないと、彼女の可憐さに心を打たれる度に思う。

カロンは喜色満面でクリクリした紅目を細め、オレに向かって駆け寄ってくる。オレはその場で立ち上がり、彼女の抱擁を受け入れた。

ギュッと抱き着いてくるカロンは愛おしくて仕方ないが、急にどうしたんだろうか？　ハグは毎度のことだけど、脈絡もないのは珍しい。

「どうしたんだ、カロン？」

彼女は、オレの首元に顔を埋めながら答える。

「これから教会に参るのです。ですから、こうしてお兄さま成分を摂取しています」

「なるほどね」

カロンは、先の内乱によって名声を高めた。無辜の民を光魔法で救った慈悲深い聖女さまだと評判が広まったんだ。『陽光の聖女』との二つ名をいただいたほどである。

一方、様々な厄介ごとも舞い込んできたわけで……。その一つが教会からの協力要請だった。

教会とは、聖王国が信仰する宗教をまとめる組織を指す。国民すべてに洗礼名を与える役割、ケガ人や病人を治癒する治療院の運営、医療方面の知識の管理を担っている。

補足しておくと、教会は、創作では定番の権威欲に染まった集団ではない。医療知識の独占はどうかと思うものの、現在の教会は純然たる宗教団体で間違いなかった。

……まぁ、純然たる宗教団体が〝正義〟とは限らないわけだが、今は置いておく。

教会がカロンに何の協力を求めているのかといえば、治療院の手伝いである。かの施設は、毎日多くの患者が訪れるので、慢性的に人手不足なんだ。

この世界の治療は、前世の医療と大差ない。抗生物質等はさすがにないが、薬物による対症療法や手術などの外科的な治療が主になる。他のファンタジー作品のように、一瞬で完治とはいかない。

だから、唯一治癒魔法を扱える光魔法師は、各権力者から重宝されるんだ。

では、カロンが参っているのは、治療が大変だからかと問われると、実はそうではない。ケガ人や病人を治療すること自体は、むしろ乗り気だった。多くのヒトを助けたいと積極的に行動しているくらいである。

問題は教会の方。かの組織はオレのことを敵視しているんだ。

以前、宗教の派閥に一神派と多神派が存在すると語ったと思う。それより小規模にはなるけど、教会の一部には『魔法適性は神の加護である』と考える派閥があった。

あとはお分かりだろう。連中に言わせると、無属性のオレは神に見捨てられた人間となるらしい。

しかも、そういう輩(やから)に限って、フォラナーダの教会に多い始末。

カロンがいるお陰で、伯爵家と教会の仲は保たれている。だが、彼女がいなくなれば、すぐさま伯爵領を出ていくに違いない。それだけ、件(くだん)の派閥連中からオレは目の敵にされていた。

これは憶測にすぎないけど、オレの洗礼名『レヴィト』は、魔女レヴィアタンから拝借していると思われる。表向きは勇者リヴィエト由来となっているが、あの教会の態度を考慮すると、魔女由来の方がしっくりくる。今は下手にケンカを売りたくないので、余計なことは口にしないけど。

話を戻そう。

カロンの話によると、彼女が手伝いに来る度に、教会の連中はオレの悪口を言いまくるらしい。

また、彼女が決起する時は協力を惜しまないとも告げてくるとか。謀反を唆すとか、あいつらの正気を疑いたくなる。

ブラコンのカロンにとって、オレの悪口を聞かされる環境は多大なストレスになる。ゆえに、こうして出発前には思いっきりハグをしてくるんだ。

協力しなくても良いとは伝えているんだけど、患者を見捨てるわけにはいかないと我慢しているんだよね。本当に、健気で良い子に育ったよ。

たっぷり十分の抱擁を終え、オレたちは体を離した。名残惜しくはあるが、制限を設けないと際限がなくなってしまう。我慢だ、我慢。

「やっと終わった。ゼクス兄、今日はボクもカロンちゃんについてくからね」

すると、鈴を転がすような声が聞こえてくる。見れば、カロンの背後に一人の少女——否、少年が立っていた。赤茶のショートヘアの頭頂部には、狐に似た耳が生えている。

美少女と見紛う彼の名前はオルカ。訳あってフォラナーダに養子入りしたオレの義弟だ。無論、彼もオレの大事な家族の一人である。

「手伝いか？　無理せず頑張れよ」

「うん！」

頭をワシャワシャ撫でると、オルカは嬉しそうに目を細める。尻尾も勢い良く左右に揺れていた。

ここまで喜んでくれると撫で甲斐があるというもの。でも、我慢して止めないといけない。カロ

ンとのハグと同じで、いつまでも続けてしまうから。

断腸の思いで手を退かし、オレは二人へ頬笑んだ。

「二人とも、気をつけて行ってきなさい」

「「いってきます！」」

異口同音に、明快な声が響く。

今日も、オレの弟妹は最高に可愛かった。

○●○●○

弟妹たちの愛おしい姿で保養したお陰か、オレの担当する執務は半日で終わった。午後が丸々空いたので、久方ぶりに城下町の散策をすることに。

普段は城で仕事か冒険者の依頼。町に出たとしても、カロンやオルカと一緒に城下の子ども――ダンたちと遊んでいる。意外と、町全体を見回る機会は少なかった。ついでにカロンたちの様子も窺(うかが)えるので、ちょうど良いアイディアではなかろうか。

お供をつけようか迷ったが、今回は止めておく。たまには、一人の空気を味わっても良いだろう。

早速、【偽装】で姿を変えて散策へ赴いた。

フォラナーダ城下のすべての大通りは、レンガで舗装されている。これはオレが推し進めた政策の一つで、つい最近になって施工が完了したんだ。ゆくゆくは領内の主要道路にまで広げていきたい。予算的に、実行はオレの成人後にはなるだろうけどね。

確かな足場を踏み鳴らし、オレは町の中央を抜ける商店街を通る。町一番の大通りとあって、たくさんのヒトでにぎわっていた。そこかしこから商売の声が聞こえ、いくつもの馬車が走り去っていく。人々の豊かな活力が、しかと伝わってきた。

ときどき、こうして町を歩くべきかもしれないな。オレの治世が町にどう影響しているのか、直(じか)に感じられる。舗装事業は見たところ成功だけど、他が同様に上手(うま)くいく保証はないんだから。

領内の視察を思案しながら、オレはそのまま町を練り歩いた。大まかな道路を中心に、路地裏へも顔を出してみる。その流れで、領都の端にあるスラムにも足を伸ばした。

不衛生で閉塞感のあったスラムは、大きく変貌を遂げていた。狭く入り組んだ構造自体は変わっていないものの、明るく清潔感の漂う空間になっている。これは、三年前にスラムの主要人物たちと協力関係を築いた結果だった。

リーダー格たちと密に連携を取ったことにより、悪人が蔓延(はびこ)る前に一掃できて治安が回復。お陰で清掃や食料の支給などの福祉を行える安全性が確保できた。さらには、オレが領地を統治するようになったので、仕事の斡旋も開始。そんな流れで、とんとん拍子にスラムの状態は改善したんだ。

とはいえ、スラムの件に関しては、オレの手柄ではないんだけどさ。

彼らの協力を仰げたのは、カロンの貢献が大きい。彼女の可愛さと健気さがスラム民の心を摑んだからこそ、今の状況に至れたんだ。その点は忘れないよう、気を付けなくてはいけない。

まぁ、スラムでチラホラ見かけるカロン信者には、さすがのオレも若干引くけど。あいつら、カロンの顔写真入りのグッズや彼女が愛用する蝶がモチーフのアイテムを身にまとっているんだよ。カロンが許可を出しているから目をつむっているが、一線を越えようものなら絶対に滅ぼす。

スラムを回り終えたオレは、再び城下町に戻る。そして、活気溢れる町並みを堪能していった。

無論、カロンたちの様子を見に、教会にも顔を出した。患者たちに優しく声を掛けているカロン、タオルや包帯を抱えて元気に駆け回るオルカを拝見できた。とっても可愛いかった。

教会の者に話しかけられて眉をひそめている場面もあったが、よく頑張っていたと思う。二人には、何らかのご褒美を検討しよう。

城下町を端から端へと歩けば、あっという間に時間は過ぎ去っていく。気がつけば、空は赤を超えて紫に変化していた。カラスの鳴き声が哀愁を誘う、逢魔が時である。

周囲から漂う食べ物の匂いから今夜の夕餉を想像しつつ、ヒトの少なくなった道を進む。

何気ない帰宅時間のはずだった。しかし、とある存在を目撃したことで、事態は一変する。それこそ、天と地が引っくり返るほどの驚愕（きょうがく）とともに。

それは、ごく自然にオレとすれ違っただけだった。だが、オレの目は、確かに捉えてしまった。

一定以上の力量を持つ者には自動発動するよう改良した【鑑定】が、それに反応してしまったんだ。

オレの脳内に投影される【鑑定】の結果。そこには、こう記されていた。

【名前：アカツキ・ヴェヌス　／　レベル：不明　／　詳細：不明】

オレは自身の目を疑った。レベルが不明なのも、詳細が不明なのも、この際どうでも良い。問題なのは相手の名前だった。その名前は——。

驚愕のあまり棒立ちになっていると、その男、アカツキ・ヴェヌスがこちらを向いた。

途端、オレは彼の姿を正しく認識してしまう。肩まで届く白髪に純黒の瞳。まるでおとぎ話から飛び出してきたような端麗な顔立ち。今まで周囲に溶け込んでいたのが不自然なほど、アカツキの容姿は際立っていた。

そしてついに、オレとアカツキの視線が交差する。薄紫の瞳と黒い瞳がバッチリ合ってしまった。

次の瞬間、オレは逃亡した。脱兎（だっと）の如く、なりふり構わず逃げた。【身体強化】を全力で発動し、【位相隠し（カバーテクスチャ）】で気配を限界まで消し、遮蔽物に隠れる度に【偽装】で姿を変え。できる限りの手段を使って遁走（とんそう）する。

やばいやばいやばいやばいやばいやばいやばいやばい！！！！！

オレの頭の中は、その一言しか浮かばない。それほど今の状況は――あの男はやばかった。そもそも、こんな場所で出会って良い存在ではない。それはもう、ＲＰＧ序盤の村で裏ボスと遭遇するくらいのあり得なさ。

――そう、裏ボスだ。アカツキ・ヴェヌスは裏ボスなんだ。

『東西の勇聖記（ブレイブセイント）』というゲームには、やり込み要素が存在した。その一つが裏ボス。専用のパーティー構成に加え、緻密なタイムテーブルを構築して攻略に臨まないと、たとえ味方ユニットが全員レベルＭＡＸでも全滅するという鬼畜仕様の敵だ。

名をアカツキ・ヴェヌス。神の使徒として世界に降臨しながら、神の意思に従わなかったせいで堕（お）ちた世界最強の生物。すべての魔法を扱い、すべての武術を網羅する規格外の存在。

どう足掻いても、現時点で戦って良い相手ではなかった。いや、戦力が揃（そろ）っても戦いたい相手ではない。だのに、こうして遭遇してしまったのは神の采配か、運命の悪戯（いたずら）か。

というか、何でフォラナーダの領都にいるんだよ！　あいつ、世界の果てで挑戦者を待っている設定だった気がするんだけど？

オレが【鑑定】してしまったのは、向こうにバレているだろう。でなければ、あのタイミングで振り向くはずがないし、アカツキの姿が認識できるようになるはずもない。普段のあいつは認識阻害の魔法をまとっているんだから。

クソッ、不意打ちすぎる！　あいつが町中をうろついていると知っていたら、【鑑定】のオート機能なんて切っていたのにッ！

心の中で悪態を吐くものの、時すでに遅し。全力で逃走を図っているが、オレは理解していた。アカツキから逃げ切るのは不可能である、と。大魔王ならぬ裏ボスからは逃げられないんだ。

覚悟を決めよう。できれば戦いを避け、話し合いで済ませたいが、希望は捨てる。楽観は死期を早めかねない。

フォラナーダの僻地。岩肌が丸出しの山間に辿り着いた段階で、オレは足を止めた。ここは採掘し尽くして無人となった鉱山跡。領都から十キロメートル以上は離れている。戦闘が発生しても、カロンたちの被害は最小限で済むはずだ……たぶん、きっと。

正直、裏ボスと戦う状況なんて想定していなかったため、実際に被害がどの程度まで広がるか分からなかった。というより、勝てるわけがないので、結末さえも判然としない。

オレが立ち止まった数秒後。案の定、アカツキも目の前に現れた。全力疾走で息の上がるこちらとは対照的に、向こうは涼しい顔をしている。

彼は物珍しそうにオレを観察したかと思うと、気が付いた時には目の前に立っていた。

「……」

声も出ない。瞬き一つしていないのに、アカツキの挙動をまったく察知できなかった。すなわち、彼我の実力差が圧倒的だという証左である。

相手はオレをジッと見つめている。興味深そうに唸りながら、不躾な視線を向け続けた。

隙だらけの状態に見えるが、下手に動けなかった。先程と同様に一瞬で動かれては、どうしようもないからだ。

頭痛と腹痛が酷い。彼が少しでも身じろぎをする度に、体がビクッと震えてしまう。緊張のしすぎで胃が引っくり返りそう……。

どれくらい時間が経過しただろうか。彼は不意に喋り出した。

「いくつか質問があるから答えてほしいんだけど、問題ないか？」

声色や口調はとてもフランクだった。敵意もないように感じる。

しかし、気は緩められない。相手の正体を知っていることもあるが、言葉の裏に潜む真意を悟っていたためだ。正直に話さないと命の保証はない。彼の瞳がそう語っていた。

ゴクリ。口内に溜まっていた唾を嚥下し、オレはゆっくり首肯する。

唯々諾々と従うつもりはないが、アカツキが求めているもの次第では妥協も受け入れよう。オレの死で解決するなら良し。カロンたちにまで被害が及ぶようであれば、その時は——。

「じゃあ、最初の質問だ」

オレが思考の海に沈んでいる間に、アカツキは質問を始める。

「その【偽装】は、エルフから教わった魔法か？」

「そうだ」

「へぇ。術式的に確信はしてたけど、本人の口から聞くと感激するな。エルフ嫌いの聖王国民でも、有用な魔法は別口ってことか？　いや、まだ八歳の子どもだし、思考が柔軟なのか」

どうやら、オレの正体は看破されているらしい。今のオレは、町を散策していても不自然ではない平民成人男性を模していたんだが、まるで通じていなかった。予想してはいたけど、実際にあっさり暴かれてしまうと複雑な気分である。

しかも、魔法の大本も知っている模様。さすがは魔法の叡智を極め、すべての魔法を行使する者。種族ごとの術式まで熟知しているわけか。

「第二の質問だ。俺の情報を抜き出した……といっても名前だけだと思うけど、あの魔法は精神魔法で間違いないか？」

「そうだ」

驚きはない。前述したように、アカツキは全魔法を網羅している。精神魔法の存在を知っていても不思議ではない。

たぶん、本人も扱える。白髪という容姿の通り、彼は無属性使いでもあるんだから。

オレの返事を聞いて、彼は非常に感心した様子を見せた。

「なるほどねぇ。その歳で、精神魔法の存在に気づくなんて驚きだ。優秀な白魔法師なら可能性はあるんだろうけど、現代の価値観だと芽が出にくいし……。ほんと、よく発見したもんだね」

それはオレに聞かせているというより、独白みたいなものだった。少し気になる単語も聞こえたが、深く考える暇はなかった。一人で納得し終えたアカツキが、次の質問を投げかけてきたためだ。

「第三の質問だ。お前は、自身の強さに比べて魔力量がすごく多い。どうやって増やしたんだ？」

「……」

オレは静かに警戒を強める。今までの質問よりも、確実に踏み込んだ内容だったから。

【偽装】や精神魔法については、察したうえでの問いだった。一方、魔力量増加の方法に関しては違う。明確に、何かを探るような気配を感じる。

何らかの手段を講じているのか、アカツキの感情を読むのは難しい。しかし、表情や声色でも彼の本気の度合いは読める。ここからが本番だと確信した。

「答えられないのか？　やっぱり、禁薬でも使ってたってこと――」

「待ってくれ、そんな物騒なモノは使ってないから！」

警戒するあまり、返答が遅れてしまった。そのせいで、あらぬ疑いをかけられそうになったため、慌てて否定する。

僅かに殺気が漏れ始めていたので、その〝禁薬〟とやらは相当危険なものらしい。即座に否定していなかったら、今頃消し飛ばされていたぞ。危ねぇ。

密かに冷や汗をかきつつ、オレは先の問いに答えることにした。

この世界にこの知識を知るヒトは存在しないと考えていたので、回答したくなかった。だが、背に腹は代えられない。そも、彼なら徒に情報を広めないだろうし、すでに知っている可能性もある。

オレは溜息を交ぜながらも、魔力量増加の秘密を明かす。

「魔香花の蜜を常飲してる」

魔香花とは、この世界独自の植物だ。見た目は青いバラであり、魔力を通すと淡く光る性質がある。美しい花で、観賞用として根強い人気があった。貴族を中心に高額で取引されているくらいだ。

そう、観賞用である。一般的には魔香花に見た目以上の価値は存在せず、ましてや蜜が食用になるなんて話もない。

実は、九百九十九本分の魔香花の蜜を集め、それに魔力を流しながら湯煎すると、魔力量増加薬になる特性があるんだ。その増加量は驚異の一割増。瞑想による魔力増加が〝毎日一時間の鍛錬を数年続けて一割増〟と考えれば、破格の効果だった。

まぁ、問題がないわけではない。

最初の関門は、九百九十九本をどうやって集めるかだろう。何せ、貴族御用達の花。一本購入するのに時価で四～五十万はかかる。規定数を買い集める難度は高かった。実際、貴族であっても、数本から十数本程度の花束を購入するのが普通だ。

次の関門は、採取できる蜜の量。一度蜜を採取してしまうと、半年間は同じ花から採れないんだ。単純に九百九十九本集めただけでは、半年に一回しか増加薬は作れないのである。つまり、常飲するには、千を超える魔香花を用意する必要があった。

最後は……関門というよりは注意事項かな。この魔力量増加薬、一ヶ月に一度という適量が存在するんだ。それを守れば際限なく魔力を増やせるけど、破った場合は逆に魔力が減るんだよ。前に、オレもやらかした。適量については知らなかったため、普通に連続して飲みかけたんだ。すぐに異変に気付いたから、僅かな減少で済んだけども。

憶測になるが、薬による魔力増加が急激すぎて、体が追いつかないのが原因だろう。

これらの関門を、オレがどのようにしてクリアしたのか。難しい話ではない。伯爵家の財力と原作知識を駆使した。

魔香花（まこうか）の特性に関しては、原作知識を動員したことは言（げん）をまたないと思う。ただ、この知識は今まで利用した『ゲーム内の知識』とは異なり、プレイヤー視点での代物だった。

レベルやステータスが存在するゲームによくある話だとは思うけど、勇聖記（ブレイブセイント）にも主人公のステータスをすべて上限に届かせようとする連中がいた。彼らが試行錯誤を繰り返した結果、魔香花（まこうか）の特性を発見したわけである。しかも、莫大（ばくだい）な資金——周回でお金などを引き継げる——を注（つ）ぎ込めば実現可能な魔香花（まこうか）の栽培方法も確立したんだから、廃プレイヤーさまさまだった。

肝心の資金面も問題ない。貴族としての財力に加えて冒険者としても稼いでいるオレなら、余裕でまかなえた。無論、一気に買い占めたのではなく、時間をかけて集めたとも。周囲の貴族に怪しまれたら最悪だからね。

そういった尽力の甲斐あって、今では魔香花（まこうか）の庭園が完成している。現在の総数は十万本を超えているかな。日課の散歩を行うほど、キレイな花畑だよ。

庭園の話も含めてアカツキに語ったら、彼はポッカーンと間の抜けた表情を浮かべた。どうやら、魔香花の特性は知っていたようだけど、広大な庭園を作っていたのは想定外だったらしい。

よくよく考えてみると、当然かもしれない。一本四〜五十万するんだもの。しかも、時価。それを十万以上も栽培しているって……道楽がすぎるな。

あまりの衝撃に硬直していたアカツキだったが、しばらくすると再起動した。頭痛でも覚えているのか、額を片手で押さえながら口ずさむ。

「魔香花の花畑って正気か？」

オレの正気を疑っているみたいだった。

失敬な。妹の将来が懸かっているんだ、これくらいの非常識は基本的な行動だろうに。

オレを見つめるアカツキは、一旦大きな溜息を吐いた。

「嘘を吐くなら、もっとマシな内容にするか。いや、未だに信じられんけど」

「嘘じゃないぞ」

「分かってるさ。お前の心は読めないけど、それが本当だってことは分かる」

今の言い回しだと、オレ以外の心は読めると言っているようなものでは？　もしかして、精神魔法で読心が可能？　でも、オレに対してはできない。どういうことだ？

思いもよらぬ情報を、さも当たり前のように溢さないでくれないかなぁ。急すぎて頭が混乱する。

こちらの内心なんてお構いなしに、アカツキは話を進めた。

「じゃあ、最後の質問だ」

四つ目の問いかけ。これで最後だと彼は言う。

惑う思考を一度リセットし、オレは心して耳を傾けた。どんな内容でも驚かないよう。

アカツキは、おもむろに口を開く。

「お前の魂は、いったい何者なんだ？」

「……は？」

一瞬、質問の意図が理解できず、呆けた声を漏らしてしまう。

しかし、すぐに思考は回った。

こいつは、オレが転生者であることを指摘したんだ。オレが、本来のゼクスとは違う存在だと理解したうえで、何者かと誰何してきたんだ。

予想外どころの話ではない。この世界の存在に、転生者だと見抜かれるとは思わなかった。

――いや、この発言では誤謬を犯すか。正確には、『オレが、本来のゼクスとは別人だと見抜かれるとは思わなかった』か。

だって、この現実にとって、オレこそがゼクスなんだ。生まれてこの方、ずっとゼクスの意識はオレだった。だから、原作でのゼクスを知りようがないこの世界の住人に、別人だと指摘はできないはずだった。

「俺はお前の魂が見えるんだよ。魂だけじゃない、存在情報を読めるんだ」

目を瞠ってしまったオレの反応から察したのか、アカツキは滔々と語る。

「この世界の存在には、例外なく『存在情報』ってものが記されてる。身長や体重といった身体情報はもちろん、魂の性質だったり、どういう性格かなんてのもそう」

いわゆる、キャラデータみたいなものだろうか。ゲームのように、この現実にも各人物のデータが実在すると。そこに、オレが本来のゼクスではないとでも書かれているのか？

未だ判然としない中、彼は続ける。

「『存在情報』自体は、流動的なものだ。どんなものだって成長や劣化はするからな。それに応じて、『存在情報』も更新される。でも、ただ一つだけ変わらないものがある」

そこでアカツキは言葉を区切り、こちらをジッと見つめた。しかして、話の中核を口にする。

「生まれた時点での『存在情報』。これぱかりは、この世のすべてに共通する摂理だ。その生物の誕生が確定した時点で『存在情報』が決定し、その情報通りに生まれ落ちる。その者がどう成長するかは定まってないが、どういった状態で生まれるかは生前から決まってるんだよ」

「……何が言いたいんだ？」

オレは声が震えそうになるのを抑え、ゆっくりと言葉を吐いた。

アカツキは真剣な面持ちで問う。

「お前は、どうして無属性なんだ？」

「――――ッ」

やはり……やはり、そうなのか？

心当たりはあった。それは、カロンが誕生するまで『東西の勇聖記(ブレイブセイント)』に酷似した世界だと悟れなかった一因。

「お前の『存在情報』を覗(のぞ)けば分かる。本来のお前は、火と闇の適性を持って生まれるはずだった。だのに、今のお前は無属性。しかも、誕生直後の『存在情報』に、情報過多でエラーを起こしたと記されてる」

アカツキの言は正しい。原作に登場するゼクスは赤髪紫目の少年だった。容姿がまるで異なるからこそ、カロンと出会うまで、この世界の正体に確信が持てなかったんだ。

彼の語る内容が真実だとすれば、『存在情報』が確定した後に、オレの魂という余計な情報が入り込んだ。そのせいで要領上限を超えてしまい、本来の魔法適性を失ってしまったという流れか？

そうなると、オレは前世を思い出したわけではなく、この体を乗っ取った存在？　もしかして、本来のゼクスをオレが殺してしまったのか？

そんな考えが頭を過(よぎ)った瞬間、筆舌に尽くしがたい罪悪感が湧き上がってきた。今までに多くの悪人を殺してきたし、原作でのゼクスが酷い性格だったのは百も承知。それでも、生まれてもいない命を奪ってしまったという認識は、オレの心を強く苛(さいな)んだ。

きっと、今のオレは恐ろしく青白い顔をしているんだろう。こちらの内心を容易(たやす)く察したアカツキは、慌てた様子で補足し始めた。

「ま、待て待て待て。なんか勘違いしてるみたいだけど、お前は人殺しじゃないからな？　エラーを見るに、別の魂が入り込んだ感じじゃない。たぶん『前世の記憶』が加算されただけだと思うぞ」

「つまり、オレがゼクスに生まれ変わったって認識は、間違ってなかったってことか？　この体を乗っ取ったわけじゃないと？」

「そうそう！　別の魂が入り込むなんてことがあったら、魔法適性の消失程度じゃ済まないから」

「…………はぁ」

明るく頷き返され、オレは脱力してしまった。

先程から感情の起伏が激しすぎてクタクタだ。いきなり裏ボスに出会って緊張を強いられたかと思ったら、オレの存在に関わる揺さぶりをかけられて、最後の最後に安堵。

――もう、ゴチャゴチャと考えるのが面倒くさくなってきた。

「オレが何者か、だったよな？」

「えっ、ああ」

アカツキが聞く耳を持っているのを確認してから、オレは洗いざらい吐いた。前世にて、この世界を舞台にした物語が存在したこと。妹カロンに迫っている死の運命のこと。それを回避するために行動していること。一から十まで、すべて彼に聞かせた。

精神的に疲れ切っていたのもあるが、オレは誰かに真相を聞いてほしかったのかもしれない。オレの味方になってくれるヒトはいるけど、真実を語り合える者は存在しなかったから。その証拠に、話し終えた後は気分が軽かった。心の重荷を下ろせた爽快感がある。

とはいえ、このような行動に出られたのは、相手が世界最強の存在という大前提があってこそだろう。彼ほどの人物であれば、この情報を大して重く受け止めないという信頼があった。

「なるほどねぇ」

最後まで聞きに徹していたアカツキは、感慨深そうに呟いた。

「本にしたら売れそうだな」

「妄想じゃないぞ」

「分かってるって。俺のことも知ってるんだ。俺の存在は、妄想で当てられるもんじゃない」

「堕ちた神の使徒、か」

「そう、それよ」

原作におけるアカツキの二つ名を口にすると、彼はこちらを指さす。

「堕ちた云々以前に、使徒の存在自体が世間に知られてないんだよ。その辺は徹底してるから間違いない。俺を遣わせた神って、聖王国の信仰する神じゃないからな。というか、あの宗教って人間の創作だし」

「ものすっごい暴露話が飛び出してきた」

軽い調子で喋っていたが、他の誰かに聞かれたら大騒ぎになりそうな内容だった。それ、前世でも語られていなかったぞ。

オレが呆(あき)れ顔(がお)を見せると、アカツキはケラケラと笑う。

「別にいいじゃないか。転生者のお前は、別にあの宗教の信徒ってわけでもないんだろう？」

「そりゃそうだけどさ」

「なら問題ない！」

「はぁ」

ハッハッハッと笑声を上げる彼に対し、オレは溜息を吐く。腑(ふ)に落ちないが、これ以上は追及しても無駄だろう。

原作にはあまり会話シーンがないので知らなかったけど、アカツキはノリの軽いキャラだったらしい。外見が爽やかイケメンなだけに、落差が激しすぎる。いやまぁ、こういうキャラが好きそうな女性はいるとは思うけど。ギャップ萌(も)えってやつだ。

良い機会なので、一つ質問を投じる。

「なんで、オレを追いかけてきたわけ？」

アカツキのこの性格なら、名前を見抜かれた程度なら放っておきそうなものだ。

すると、彼はあっけらかんと返す。

「面白そうだったから」

「マジか」

絶句した。最初緊張していたのが、バカらしくなってきた。

オレは何度目か分からない溜息を溢す。

「溜息ばっかりだと幸せが逃げるぞー」

誰のせいだと思ってるんだよ！

呑気な発言をするアカツキを恨めしく見ていると、不意に彼が両手を叩いた。『良いアイディアを思いついた』と言わんばかりの表情だった。

嫌な予感を覚えたオレは、その場より立ち去ろうとする。

「お、オレ、そろそろお暇するよ。城で妹たちが待って――」

「まぁまぁ。そんなこと言わずに」

――が、肩に手を回され阻止された。がっちりホールドされているため、逃亡は不可能だ。

頬を引きつらせるオレに、アカツキは笑顔を向ける。

「戦い方を教えてくれる師を探してたんだろう？ 袖振り合うも他生の縁だ。俺が教えて進ぜよう」

言うや否や、彼はフィンガースナップを鳴らした。途端、世界を魔力が包み込む。まるで別世界に入り込んだような違和感を覚えた。

オレが眉根を寄せたのを見て、アカツキは感心の吐息を漏らす。

「ほう、今のに気づくか。結構、筋は良さそうだな」

「何をしたんだ？」

恐る恐る尋ねると、彼は簡潔に返す。

「【異相世界（バウレ・デ・テゾロ）】を展開した」

「ばう……何だって？」

「ざっくり言うと、魔力で創造した別世界。厳密には、テクスチャの上乗せだけど」

こ、こいつ。さらっと、とんでもない魔法を使いやがった！　世界創造って神かよ。ああ、神の使徒でしたねッ！

「ここなら、どんだけ暴れても元の世界への影響は皆無だ。てなわけで、今から俺と模擬戦闘しよう。俺のモットーは『習うより慣れろ』でね。戦闘のイロハは実戦で教えてくぞ」

アカツキはオレから離れ、拳と手のひらを打ち鳴らす。すでに臨戦態勢だった。

止める暇もなかった。まさか、こちらが内容を理解する前に、戦闘準備を整えてしまうとは。裏ボスの戦闘スイッチのオンオフは、光の如く早かった。

「これは死んだかな」

拝啓、最愛の妹カロンよ。お兄ちゃんは、今日ここで星になります。

言うまでもないが、この後の一晩に及ぶ戦闘訓練で、オレはボコボコのコテンパンにされた。いつか絶対、あいつを殴り飛ばしてやるッ！

Section2　勇者

アカツキと遭遇してから半年。すっかり涼しくなり、草木の紅葉が深まる昨今。あの日以来、オレは定期的にアカツキの訓練を受ける羽目になった。

確かに、これまでの懸念事項だった近接戦闘をはじめとした、諸々(もろもろ)の技術が向上するのは嬉(うれ)しい。だが、フラッと現れては毎回一晩中戦わされるうえに、ボロ雑巾にされるのは勘弁してほしかった。そのせいで、いつもカロンたちに心配をかけてしまい、心が痛むんだから。

初日なんて、無断で一晩帰らなかったものだから、領城中が大パニックに陥っていたし。カロンとオルカの大泣きする姿は、二度と見たくないぞ。

まぁ、そんな慌ただしい生活ながらも、アカツキとの訓練以外は問題ない日々を送っていた某日。オレはお抱えの商人と、とある商談をしていた。

客人をもてなす応接室にて、オレと商人は笑みを浮かべ顔を突き合わせている。

「……ついに完成したのか？」

「はい、それはもう」

オレの期待を込めた問いに、商人の男は揉(も)み手(で)をしながら返してきた。

「ブツは？」

「ここに」

商人は、スッと懐から一つの品物を取り出す。

テーブルに置かれたそれは、両手サイズの黒い物体だった。おおよそ直方体の形をしており、中央に丸いレンズ、下部に細長い溝、側面にスイッチが存在する。

彼が取り出したものは、紛うことなきインスタントカメラだった。前世で写真を撮るための道具として扱われた、あのカメラである。

オレはワナワナと両手を震わせながら、カメラを手に取った。そして、商人の方にそれを構え、スイッチを押す。パシャと懐かしいシャッター音が響き、程なくして写真が出てきた。

写真は、見事に商人の姿を映し出していた。前世よりも多少画質は粗いが、確かに情景を写し取っていた。

「よくやった！」

オレは満面の笑みを浮かべ、商人の両手を握る。

対する商人も、笑顔でこちらの手を握ってくれた。

「いえいえ。こちらとしても、ゼクスさまのお陰で、良い経験を積ませていただきました」

「そう言ってくれると助かる。今回は、色々と無茶を申した自覚があるからな」

「ご自覚、おありだったのですね」

「当然だろう。それでも、これの製作に妥協はしたくなかった」

手の中にあるカメラを掲げ、感慨深いと溢す。

この世界、魔法技術が入り混じっているからか、科学技術方面も割と発展しているんだよ。上下水道は整備されているし、第一次産業も安定している。家電はないが、その代わりに魔道具が存在する。だから、中世ヨーロッパの文化や価値観の皮をかぶった近現代、という表現が近いかな？

まぁ、全部が全部、発展しているわけではないけど。未だ馬車が一般的に使われているのもそうだし、衛生観念を除く医療面は、教会が知識を独占しているせいで遅れている。

このカメラもその一つだった。

映像記録器の類を魔道具で再現する場合、光魔法師を必要とする。ただでさえ希少な光魔法師は治癒方面に引っ張りだこのため、魔道具開発に携わらない。だから、カメラは今まで存在しなかったんだ。もし存在したとしても、きっと家宝といって秘匿にされているだろう。

ゆえに、オレはカメラの開発に着手した。これがあれば、今までできなかったことが可能となる。

――そう。今後は、カロンの成長過程を記録できるんだ！　おはようからおやすみまで……いや、寝顔さえも写真として保存できる。イベントごとの特別な姿も記録できる。そして何より、それを何度も見返せる。これほどまでに嬉しいことはないッ。

「幼少期の記録を残せなかったのは心残りだが、仕方ない。過去には戻れないからな」

「ゼクスさまは、誠にカロラインさまが大切なのですね」

「無論だ。あの子の……いや、あの子だけじゃない。家族のためであれば、何でもできる」

最愛の弟妹を脳裏に思い浮かべ、オレは深く頷いた。

商人との会話は続く。

「このカメラの量産および機能改善を進めてくれ。まだ、画質の向上が望めるはずだ」

「承知いたしました。そうなると、追加予算が必要となりますが……」

「分かってる」

あらかじめ用意していた袋を、テーブルの上に置く。その中には大量の金貨が入っていた。

補足しておくが、これはオレのポケットマネーである。私用のカメラ製作に、伯爵領の資金は使わないぞ、さすがに。

まぁ、商人がどう受け取っているかは別だが。僅かに侮蔑の感情が漏れ出ているので、『貴族のドラ息子が、民の税を道楽に注いでいる』とでも考えているんだろう。態度には出していないから、目くじらを立てるつもりはないけど。精神魔法で感情を読めるオレだからこそ、気づけた機微だ。

そも、優秀だと思われたくないから、勘違いさせるように振舞っている。何ら問題はない。

商人は袋を手早くカバンへしまい、こちらに問うてきた。

「カメラの販売は、我が商会の独占でよろしいのですよね？」

「約束は守る。だが、オレ以外への販売は待て。譲るのも、だ。周辺各位に根回ししたい」

動機こそ私的なものだったけど、カメラは色々と有効活用できる。他貴族の余計な横やりは封じておきたかった。

商人もその辺りは理解しているようで、「承知いたしました」と素直に頷いてくれた。

その後もカメラに関する詳細を詰めていき、商談は無事に終了した。

そろそろ解散しようとなったところ。ふと、商人が部屋の隅に置かれたものに目を留めた。

「おや、あれは……」

「どうかしたのか？」

彼の興味をそそる代物なんて、この部屋に置かれていただろうか？

怪訝に思いつつ尋ねると、商人は不思議そうに答える。

「あのボードゲームですよ」

「ああ」

オレは得心する。

部屋の隅に置かれていたのは、お手製のリバーシだった。チェスなどは今の弟妹たちには難しかったため、オレが用意したんだ。

普段は私室に保管されているはずだが、カロンかオルカが置きっぱなしにしたのかもしれない。

前世では定番のゲームだったけど、この世界には存在しないんだったか。それならば、彼が珍しがっても仕方がない。

オレが説明しようと口を開きかけると、その前に商人が言葉を発する。

「あちら、リバーシですよね？」

「……どうして、知ってるんだ？」

存在しないはずのゲームの名前を既知としている。これは、明らかに不自然な状況だった。

やや詰問に近いトーンになっていたらしい。商人は少し顔をこわばらせた。

オレは慌てて手を振る。

「すまない。責めてるわけじゃないんだ。純粋に、このゲームを知ってた理由を知りたい」

「そ、そうでしたか」

商人は完全に納得したわけではないようだが、貴族のオレを刺激するのを恐れてか、素直に情報を提供してくれた。

何でも、我が伯爵領の田舎町を中心に、リバーシと似たゲームが流行（はや）っているんだとか。詳細を聞いた感じ、間違いなくリバーシだ。

販売元が小さな商店のため、販路こそ狭いけど、それなりの人気を博しているという。

「気になられるのでしたら、私どもが収集したリバーシに関する資料をご用意いたしますが」

オレが興味を抱いたのを察してか、商人が提案してきた。

渡りに船だったため、即座に応諾する。

「頼めるか？」

「今すぐご用意いたします。準備がございますので、一旦席を外してもよろしいでしょうか？」

「構わない。手間をかけるな。謝礼も用意する」

「いえいえ。ゼクスさまと私の仲です。この程度は無償でご提供いたしますよ」

「そうか。感謝する」

「もったいないお言葉。それでは失礼いたします」

商人はそのまま退室していった。

抜け目のない男だが、口も堅いし腕も立つ。お互いに利益がある間は、信頼の置ける相手だった。

「田舎町でリバーシが広まってる、か」

確証はない。だが、心当たりはあった。ずいぶんと前から想定していた可能性が、ついに片鱗を見せたのかもしれない。

外で控えていた使用人を呼び出す。

「以前から諜報部隊に出していた指令、少し急がせろ」

「承知いたしました。早急に、伝えて参ります」

指示を聞き終えた使用人は、すぐさま伝令へ向かった。

想定が当たっていた場合、タイムリミットは近い。念のため、内乱後すぐに命じてはいたけど、どうなることやら。諜報員たちには、急いで見つけてもらわないといけないな。

オレは深い息を吐き、座っていたソファに体を預ける。

「さて。あっちはいいとして、こっちはどうするか……」

諜報部隊の方は良い。結果が出るまで待つだけだ。問題はリバーシの方。首を突っ込むか否か。

突っ込むにしても、どこまで関わるべきなのか。線引きは慎重に考えなくてはいけない。

じっくり考えるものの、商人が戻ってくるまでに結論が出ることはなかった。

商人が提供してくれた情報によって、リバーシの出所が判明した。フォラナーダ領の辺境にある村。そこに住む少年が、かのボードゲームを考案したらしい。
そう、少年だ。オレと同い年の子どもが地元商店にアイディアを持ちかけ、売り出すことが決まったんだという。
その少年については、改めてフォラナーダで調査した。分かったことは以下の通り。
名前はユーダイ・ブレイガッダ・クルミラ。狩人（かりゅうど）の両親を持つが、ともに故人。現在は村長宅にて世話になっている。顔立ちは平凡なものの、明るいうえに正義感が強い性格のため、村での人望は厚い。そして、黒髪黒目という容姿を備えている。

前世の日本では平凡だった黒髪黒目は、この世界において破格の容貌である。というのも、五属性以上の魔法適性を備えている証左だからだ。

魔法適性は一つか二つ、多くて三つが基本だ。四つで希少だと言われ、五つ以上にもなると相当珍しい。希少性のみなら、無属性と良い勝負をしているか。評価は天と地ほど違うけども。

ゆえに、黒髪や黒目の子どもは、領主の援助を受けられるケースが大半だ。養子にしたり、助成金を支給したり。フォラナーダだと後者を採用していた模様。

どうして、オレが把握していなかったかといえば、過去の腐敗の影響だった。金銭自体は支給されていたのに、肝心の少年の書類を紛失していたんだよ。意味が分からん。

話を戻そう。

何故（なぜ）、オレがユーダイの情報を集めたのか。それは、彼に転生者疑惑があるから――ではない。リバーシ考案から転生者だと目星をつけたのは間違いないが、注目した点はそれだけではなかった。黒髪黒目という容姿にユーダイという名、少年期にリバーシを考案したというエピソード。これらの要素は、まさしく『東西の勇聖記（ブレイブセイント）』に登場する主人公と同一だったんだ。

主人公といっても聖女ではない、勇者の方である。

以前にも軽く触れたと思うが、勇聖記（ブレイブセイント）は二大主人公のゲームなんだ。ゲーム開始時に選ぶ性別によって、主人公が変わる仕様。

話はほとんど交差しないため、プレイヤーによっては『片方のシナリオを全然知らない』なんてことも少なくなかったんだけど、オレはどちらも既知だった。

というより、元々勇者サイドのシナリオをやりたくて始めたんだよ。でなければ、女性視点の恋愛ゲームをやろうとは思わない。オレがプレイした乙女ゲーム要素のあるものは勇聖記（ブレイブセイント）のみだ。

正直、勇者側のシナリオが、この現実に絡んでくるかは未知数だった。勇者が存在することさえ疑っていたほど。

理由は前述した通り、原作における二つの物語の関連がほぼ皆無だったから。そも、選んだ主人公によって、所々の設定が違うパラレルワールド扱いだったりする。聖女版だと学園長は老齢の男性なのに勇者版だとロリ婆（ばばあ）になっているとか、聖女の親友枠が勇者のヒロイン枠だとか、片方で死んでいたキャラが生存していただとか。

ただ、まったく想定していなかったわけではない。この世界はあくまでも原作と類似しているだけ。どちらの主人公も存在する可能性は考慮していた。だから、いくつかの布石はすでに打っていた。諜報に任せていた探し物もその一つ。

とはいえ、今回はさすがに驚いた。まさか、勇者がフォラナーダ出身だったとはね。原作だと田舎町出身としか言わないからな。勇者側の物語に、フォラナーダ兄妹も出てこないし。

「どうしたもんかなぁ」

現在、オレは城下町の広場にいた。その片隅にあるベンチに腰を下ろし、腕を組んで唸（うな）っている。

こんな場所にいる理由は、カロンやオルカの付き添いだった。二人は、今も城下町の子どもたちと定期的に遊んでいるんだ。特に、ダンやターラ、ミリアの三人は幼馴染み(おさななじ)と呼んでも過言ではないだろう。

先程まではオレも鬼ごっこに参加していたんだけど、少し休憩している。【身体強化】のお陰で肉体的な疲労はほとんどないんだけど、彼女らに付き合い続けるのは精神的に疲れるんだ。精神的には大人だからね、オレは。

では、休憩中に何を唸っていたのか。

推定勇者のユーダイのことで悩んでいたんだ。彼に接触するべきか、放置するべきか。どちらの対応が正しいのか懊悩(おうのう)していた。

以前なら、何ら気にせず放置していただろう。前述したように、勇者と聖女の物語は交差しない。聖女側の登場人物であるカロンの運命に、勇者が関わってくるとは考えづらかった。だから、カロンの生存を第一に考えているオレにとって、勇者の存在は些事(さじ)に等しい。

しかし、今は違う考えを持っていた。カロンの死の運命には関係ないといって切り捨てると、後に悔いを残す可能性があることを理解していた。

それを強く実感したのは、去年の内乱である。オルカの実の家族を救助するか否かで迷った一件は、オレの行動指針に大きな影響をもたらした。カロンの命に差し障る直接的な問題ではなくとも、最善を尽くすべき時はあると痛感した。そして、その行動が彼女の笑顔を守るのだと確信した。

だが、だからといって、何から何まで手を出すと藪蛇になりかねない。

ゆえに、悩む。勇者に関わるか、関わらないか。どちらが最善手か迷う。

オレが腕を組んで頭を捻っていたところ、不意に声を掛けられた。

「ゼクスさま」

目の前には、シニョンに結わえた青紫の髪と翠色の瞳を有したメイドが立っていた。身長百七十の背筋をピンと伸ばし、服や髪に一分の乱れもない姿は、クールな仕事人間といった様相だった。

彼女の名はシオン。オレ付きのメイドでありながら、実は王宮派の寄越したスパイという複雑な経歴の持ち主である。

スパイと知って、どうして傍に置いているかって？

それは、オレとシオンが一つの契約を結んでいるためだ。彼女の正体がエルフだと公にしない代わりに、こちらの情報を王宮派に流す際はオレが検閲する、とね。

聖王国においてエルフは天敵である。蛇蝎の如く嫌われている。基本的に、露見したらリンチは確定。その身元が聖王家お抱えのスパイだと知られたら、間違いなく暴動が起こるだろう。

だから、シオンはオレに逆らえない。忠誠を誓う聖王家に迷惑をかけられないので、大人しく従うしかないんだ。

まぁ、それだけではないか。シオンはちょっと甘い性格をしているから、オレたちに気を許しつつあるんだと思う。つくづくスパイに向いていないよ、彼女は。

一方、王宮のスパイだけあって、技術は達者なんだよな。直前まで気配を悟らせなかった隠密技術に感心しつつ、オレは首を傾げる。

「どうしたんだ、シオン？」

今日この時間、シオンは領城での仕事が予定に入っていたはずだ。それが何故、ここまで足を運んでいるんだろうか？

彼女は粛々と答える。

「一時間後、ゼクスさまにはニアール視察のご予定がございます。準備等の時間を踏まえますと、そろそろ城に戻った方がよろしいと考え、こうしてお迎えにあがりました」

ニアールとは、オレたちが住む領都の近くにある村だ。本来なら視察するほどの拠点ではないんだが、約半年前からは定期的に訪問している。

というのも、内乱のせいで故郷を失った元ビャクダイ領の民が、かの村に移住しているためだった。何か異常や不便がないか、気にかけていたのである。

確かに、シオンの言う通り、ニアール村への視察が予定されていた。

しかし、

「その視察、明日じゃなかったか？」

「へ？」

こちらの指摘に、間の抜けた声を漏らすシオン。

その後、すかさず懐から手帳を取り出した。ものすごいスピードでページをめくっていく。

程なくして、彼女は顔を真っ赤に染め、勢い良く頭を下げた。

「も、もも、申しわけございません！」

やはり、彼女の勘違いだったらしい。

オレは苦笑を溢しながら、許しの言葉を告げた。

「気にしなくていいよ」

いつものことだし、というセリフは呑み込む。

このシオン、一見すると〝完璧無比のキャリアウーマン〟という感じなんけど、実際はかなりのドジッ娘なんだ。致命的なミスを仕出かすことは少ないものの、何もないところで転んだり、今回のようなスケジュールの誤認はしょっちゅうある。もはや、フォラナーダの名物といって良い。

羞恥に悶えるシオンは、何とか平常心を取り戻して頭を上げる。いや、まだ完全に戻ったとは言い難いかな。若干頬が染まっていた。

そんな状態だったからだろう。彼女は、それの接近に気が付かなかった。

「きゃっ」

シオンの背後。オレの視点だと死角になる場所から、短い悲鳴が聞こえた。同時にドサドサと物が落ちる音がして、地面にたくさんの果物が転がる。

「だ、大丈夫ですか？」

「あぅ、ごめんなさい」

慌てて背後を振り返るシオンと続く幼い少女の声で、何が起こったのか察した。おそらく、幼女がシオンとぶつかって倒れ、抱えていた荷物を落としてしまったんだろう。

「良かった。ケガはなさそうですね」

「ごめんなさい」

「良いんですよ。それよりも、痛いところはありませんか?」

「だいじょうぶ」

幼女の方はシオンが対応しているので、オレは転がった果物を拾うことにする。幼い子どもが運んでいたものだから、そこまで量は多くない。十秒もかからず集め終えた。

拾った荷物を抱えて、シオンたちの方に近づいていく。そこで初めて、オレは幼女の姿を目の当たりにした。

第一印象は〝貧民〟だった。五歳前後の女の子だと思うが、着ている服はボロボロで茶色の髪もボサボサ。そのうえ、薄汚れている。典型的なスラム民といった感じだ。

だが、よくよく観察すると、怪しい箇所が三点ある。

まず、健康であること。パッと見は汚れ切っているけど、頬はこけておらず、手足の肉付きも良い。貧民にしては健康体すぎる。

次に、幼女が落とした果物。拾った際に分かったんだが、どれも色艶の良い代物だった。普通の民ならいざ知らず、スラム暮らしが購入できる品ではない。

最後に、幼女が湛える感情。彼女の心のうちを占めるのは、嫌悪や嫉妬といった後ろ暗いもの。加えて、何か良からぬことを考えている者特有の、後ろめたさや得意げな気持ちが窺えた。

まぁ、それらを勘定に入れずとも、根本的に怪しいところがあるんだけどね。

このフォラナーダ領都に、あの幼女のようなテンプレ貧民は存在しないんだよ。

現在の領都は急速に発展している。スラム自体が消えたわけではないが、あそこの生活水準も向上しているんだ。だから、身なりを整えられないほど貧しい民は、この町にいないはずなのである。

この辺りは、スラム代表のポーブルから報告を受けているので、まず間違いない。

新しい流れ者の可能性も考慮したが、前述した三点の怪しさから、ただの新参者と判断するのも難しかった。

「はぁ、そういうことか」

じっくり観察して、ようやく合点がいった。

幼女の無事を確かめて安堵するシオンに、オレは声を掛ける。

「シオン。財布、スられてるぞ」

「え？」

突然の指摘に目を丸くする彼女だったが、思考とは別に体が動いていた。とっさに幼女の腕を握って逃亡を阻止している。

そして、その摑(つか)んだ方の手には、シオンの財布が握られていた。

わざと体をぶつけて転倒。相手が幼い自分もしくは落ちた果物に気を取られている間に財布を盗む。ありきたりな手法だな。

「そんな……」

「……」

ショックを受けるシオンに、悪事を暴かれて顔面蒼白(そうはく)な幼女。

痛々しい沈黙が場を支配する中、オレは構わず口を開いた。

「とりあえず、衛兵に突き出そう」

「ご、ごめんなさい。ごめんなさい、ごめんなさい！　それだけは許してッ」

こちらのセリフに対し、幼女は大きく狼狽(うろた)える。些(いささ)か過剰な反応に感じるが、もしかして前科持ちか？　別の町で捕まった経験があり、その際に酷(ひど)い目に遭ったのかもしれない。

だとしたら、なおさら救えないな。怯(おび)えるほどの経験をしておきながら、再び盗みに走っているんだから。

「ごめんなさいごめんなさいごめんなさい」

ひたすら謝り続ける幼女。その必死さは、見ている側も沈痛な面持ちになるほどだった。

「ダメだ。犯罪は犯罪。きっちり罰は受けてもらう」

とはいえ、こちらも譲れない。ここで甘い対応をしては、誰のためにもならないもの。

ところが、頑なに意思を貫けるのは、オレだけだったよう。

「ゼクスさま、お待ちいただけませんか？」

さっさと衛兵に引き渡すべく幼女に近寄ろうとした時、シオンが待ったをかけたんだ。

彼女は言う。

「これだけ反省しているのです。この場は大目に見てはどうでしょう？　あなたも、二度と盗みを働かないと誓えますか？」

「ち、ちかう！」

必死に頭を縦に振る幼女を見て、オレは悩んだ。

この子が罰なくして更生するとは思えない。少なくとも、オレは信じていない。

ただ、被害者のシオンが『許す』と宣言している以上、第三者がとやかく言うのもどうかと思った。彼女が奇跡を信じているのなら、それに従うべきではないかと考えた。

おそらく、幼女はスラムを根城とするだろう。あそこの現状を考慮すると、彼女が最低限の生活を送れるようになる可能性は高い。あまり大きいとは言えないが、足を洗える芽はあった。

「分かった。シオンの意見に従おう」

諸々を鑑みた末に、オレはそう結論を下した。

「ありがとうございます！」

「あ、ありがとう！」

頭を下げて礼を言う二人。

それから、シオンが再び盗みをしないよう念を押すと、幼女はそそくさと去っていった。

完全に彼女の姿が見えなくなった後、オレは小さく呟く。

「シオンは甘いな」

〝優しい〟ではなく〝甘い〟。この意味の違いを、彼女は正確に認識しているんだろうか。

「……」

困惑と苦々しさを綯い交ぜにしたような表情を見るに、あまり理解できていないのかもしれない。

○●○●○

フォラナーダ領の辺境にある村。傍らに大きな山がそびえる以外、特に見どころのない閑散とした場所。良く言えば長閑、悪く言えば殺風景。標高八百はありそうな山だけは見応えがある。そこに勇者ユーダイは暮らしていた。

結局、オレはユーダイと接触することにした。

主な目的はユーダイの為人を確かめること。原作で人助けに奔走する熱血漢だったからといって、この世界でも同じとは限らない。オレのような転生者とまではいかずとも、何らかの要因によって性格が変わっている可能性はある。

その変貌によってカロンに危険が及ばないと断言できない以上、色々と布石を打っておく必要があるだろう。だから、ユーダイの下を訪ねると決めた。

とはいえ、堂々と『ユーダイに会いに来た』とは伝えない。表向きは『将来、伯爵領を継ぐための勉強』と称して、オレは彼の住む村の査察に訪れた。

同行者は騎士十人とシオンである。小さな村に大人数は連れて来られないので、最低限の人数だ。カロンは最後まで同行したいとゴネたけど、何とか説得に成功した。帰ったらうんと構う約束をさせられたが、オレにとってもご褒美になるので問題なし。

騎士たちが珍しいんだろう。村に入ってから、人々の視線はずっとこちらに集中していた。

少し据わりの悪さを覚えつつ、オレたちは村長宅へ到着する。前触れは送っていたので、すぐに応接間へ通された。

ヒトの良さそうな笑みを浮かべた初老の男が、この村の村長らしい。オレの許可を得て対面に座った彼は、揉み手をしながら挨拶の口上を述べる。

「ゼクス・レヴィト・ユ・サン・フォラナーダさま。我が村へようこそお出でくださいました。本日はお日柄も良く――」

長々と言葉を紡ぐ村長。表面上は友好的な様相の彼だが、貴族の教育を受けてきたオレの瞳には、まったく別物に映っていた。

村長は権威主義の人間なんだろう。目上に対しては阿り、へりくだり、追従する。自分より下の者には強気に出る。言葉の節々から、そういった片鱗が感じられた。

原作では『素晴らしい育ての親だった』とか語られていたんだけど、所詮はユーダイ視点ってことか。将来有望そうな子どもの前なので、猫をかぶっていたと思われる。

益体もないことを考えて、村長のセリフを聞き流す。どうせ、阿諛追従のおべっかだ。記憶に残す価値はない。

いくらか話が進んだ段階で、オレは口を開く。

「ところで、この村の者がリバーシなる盤上遊戯を考案したと聞いた。私と同い年だとか」

あたかも道中で耳に挟みましたよ、といった様子で尋ねる。こういう権威に流される輩には、正しい情報を与えない方が良い。欲をかきかねないから。

村長は「ああ」と両手を合わせた。

「ユーダイのことですね！　我が家で預かっている子です。彼は頭が良い子でして、物書きや計算は独りでに覚えてしまいました。リバーシ以外にも、様々な新しいモノを発明しているのですよ」

自慢の息子だという態度で語る村長。目は金銭欲に淀んでいたけど。

分かりやすい村長に呆れつつ、オレは続ける。

「そのユーダイとやらと話はできるか？」

「あなたさまがお望みになるのでしたら、すぐにでも連れて参ります」

「……いや、無理には誘うな。あくまで、彼が了承した場合のみでいい。頼めるか？」

「はぁ、そう仰るのでしたら。今すぐお呼びしますか？」

「ああ」

強引に連れてくるなという発言に、村長は訝しげな表情を浮かべた。

無理もないか。貴族が平民の心情を慮るなんて、普通はしない。

でも、これで良い。ユーダイの性格が原作のままなら、無理やり連れて来させると関係悪化に繋がる。できれば直接会話したいが、絶対叶えたいわけではない。最低でも、普段の生活の様子を覗ければ問題なかった。

ユーダイを呼びに退室した村長が、しばらくして戻ってくる。後続はなく、彼一人だった。

村長は、心底申しわけなさそうな様子で頭を下げる。

「申しわけございません。ユーダイは、お貴族さまとお会いできるような礼儀作法を備えていないと申しまして……」

「構わない。無理を言ったのはこちらだ。今日は疲れたし、そろそろ部屋で休ませてもらうよ」

「承知いたしました。お部屋にご案内いたします」

ユーダイの返答はある程度予想できていたので、軽く手を振って許す。まったく気にしていないと表現しなくては、あとで彼が叱責されてしまうからな。オレにネガティブなイメージを持つ可能性は、できる限り排除しておきたい。

オレは応接室を出た後、シオンを伴って客間に入る。

「如何(いかが)でしたか？」

「まぁ、予想通りだな。嬉しくないが」

シオンの問いに、オレは渋い顔で返す。

ここまでの流れは想定した通りだった。

原作でのユーダイの性格は公明正大な熱血漢。転生者とあって、現代日本の価値観で動く男だ。身分制度に忌避感を覚えており、原作でも横暴な貴族と度々対立していた。

つまり、貴族が会って話をしたいと聞けば、『無理難題を押しつけられるに違いない』と勝手に解釈してしまい、対面を拒絶するわけだ。

頭が固いというか何というか……。思った通りの反応すぎて呆れてしまうよ。

正直言うと、オレはユーダイが嫌いだった。自分の価値観を、考えを、正義だと疑わない彼の精神性が苦手だった。ヒロインが魅力的だったからゲームは最後までクリアしたけど、それがなかったら途中で投げ出していたと思う。

「一応、これから直接見てくる。まだ、オレの感じた通りの奴(やつ)だとは限らないし」

僅かな希望――なんて微塵(みじん)もないけど、念のため、勇者の様子を直(じか)に確認しよう。【偽装】で村人に扮(ふん)するか、【位相隠し(カバーテクスチャ)】で姿を隠せば、現時点の未熟な彼にバレる心配はない。

オレの発言を聞き、シオンは丁寧に腰を折った。

「承知いたしました。では、何名か騎士の者を……」

「いらないよ」

護衛を用意しようとした彼女を遮る。

「向こうにバレたくないんだ。一人で出る」

「しかし、危険です」

「今のオレに勝てる奴は、この近郊にはいない。安心してくれ」

部下として進言するシオンだったが、譲れなかった。

ユーダイは嫌いだが、敵対したくはない。性格はアレでも、将来的には強い影響力を持つんだ。敵対したせいでカロンの死ぬ運命を覆せなくなったら、目も当てられない。

それに、オレに勝てる賊がいないというのは、慢心ではなく事実だ。アカツキとの訓練によって、オレのレベルは92まで跳ね上がっている。もはや、ラスボスとも単独で戦える強さだ。この田舎町に、そんな強敵は存在しない。探知術での調査も終えている。

「……承知いたしました。ですが、何かございましたら、必ずご連絡ください」

「分かってるよ」

オレの翻意が望めないことを理解したようで、シオンは渋々ながらも諦めてくれた。

悪いと思いつつも、オレは外出の準備を始める。

はてさて、現実のユーダイはどういう人間なのかな。


オレは【偽装】によって村人に扮し、勇者ユーダイに近づくことにした。全身を魔力で覆い、顔も体格も服装も、すべて村人として違和感のないものに偽る。

あと、他者から声を掛けられないよう、【認識阻害】の精神魔法も施した。文字通り、周囲からの認識を妨げる魔法で、アカツキから教わった術の一つである。目の前で姿を消したり、派手な格好を目立たなくするような強力な効果は望めないが、タイミングにさえ気を付ければ、かなり使い勝手の良い魔法だと思う。

探知術によって、すでにユーダイの居場所は特定済みだった。オレの魔力探知は、現時点だと魔力適性も確認できるので、光以外の全適性を持つユーダイはとても見つけやすい。どうやら、村外れの山麓付近で、他の子どもたちと一緒に遊んでいる模様。

程なくして、ユーダイたちの姿が見えてきた。彼を含めて三人おり、一塊になって何やら相談していた。今は夕食前の時間帯なので、明日の予定でも話し合っていると思われる。だが、些か妙な雰囲気だった。

これ以上近づくと、人気がなさすぎるせいで【認識阻害】が働かない。【身体強化】による聴力強化で盗み聞きをすることにした。

念のため物陰に身を隠し、オレは耳を澄ます。

子どもたちは、男二人に女一人という組み合わせらしい。

そういえば、ヒロインの一人が幼馴染みだったか。懐かしいなぁ、あの子のシナリオは結構好きだった。あとで、書き留めておいたメモを確認しよう。

原作の内容を懐かしみつつ、勇者たちの会話に耳を傾ける。

はじめに聞こえてきたのは少女——推定ヒロインの声だった。

「え～、本当に行くの？」

「当然だろう。俺が一緒にいれば大丈夫だって！」

「そうそう。ユーダイはもう魔法を使えるんだから。何が来てもやっつけてくれるさ」

ヒロインの困惑の言葉に対し、少年二人が説得にかかる。内容的に、前者がユーダイで後者が親友——確か名前はロート——だろう。

平民は、貴族と違って魔法師を雇えない。よって、彼らが魔法を覚えるのは、九令式以降に通うこととなる初等学舎でである。

初等学舎とは、平民たちが基礎を学ぶ目的で創設されたもので、各町に存在する。この村のように人口が少ない場所では、近隣の村の子どもたちをまとめて面倒みるんだったか。

とにかく、読み書きや計算、基礎的な魔法の扱い方などは、初等学舎に通うまで平民の子どもは教わらない。現時点でユーダイが魔法を行使できるのは、かなり特異なことだった。

とはいえ、原作知識を持つオレは驚かない。勇者や聖女は、原作でも幼少期から魔法を扱えていた。転生者ゆえに魔法への興味が人一倍あり、独学で覚えてしまったのである。主人公だけあって才能は抜群という点も、加味されていると思う。

話を聞く限り、あの三人は危険な場所に向かう計画を立てているらしい。しかし、ヒロインだけが乗り気ではないため、ユーダイとロートが説得していると。

良識ある者なら止めに入るんだろうけど、どうしたものかな。下手に介入したくないのが本音だ。カロンの未来に関わるのなら別だが、そうでない場合は、極力関係を持ちたくない。

オレが様子見に来たのは、万が一に備えて布石を打つためであって、勇者の物語を変えるためではない。カロンの障害とならないのなら好きにしてくれ、といった感じだ。ストーリー通りに進めば、あの三人が死ぬ可能性は低いわけだし。

オレが悩んでいる間も、三人は会話を続ける。

「で、でも、山には魔獣もいるっていうし」

「ユーダイの魔法があるから大丈夫だって。なぁ？」

「ああ、俺が絶対にマリナとロートを守る！　だから、安心してついてきてくれ」

「……ほ、本当に、守ってくれる？」

「もちろんだよ！」

「俺だって、いざって時は体を張るさッ」

「分かったよ、一緒に行く。でも、危なそうだったら、すぐに帰ろうね？」

「『分かってるって』」

話はまとまったらしい。どうやら、あの山へ向かう計画だったようだ。

ユーダイのあの自信は、どこから湧き上がってくるんだか。ヒロイン──マリナの言うように、山には魔獣が跋扈（ばっこ）している。子どもだけで突入するのは危険すぎる。

「……思い出した」

そういえば、原作の過去語りで、似たような話があった気がする。

確かこの後の展開は──

──山の散策中、フロックベアの群れに遭遇して襲われてしまう。ユーダイの魔法でフロックベア自体は追い払ったものの、戦闘の余波でヒロインのマリナが崖下に転落してしまい、救助しようにもユーダイは魔力切れで途方に暮れる。

結果的には、たまたま通りかかった狩人に助けてもらうが、マリナは謎の昏睡（こんすい）状態に陥ってしまう。

幸い一週間で目を覚ますが、今回の一件を悔いたユーダイは、慢心を捨てて真面目に鍛錬に臨むようになる――

――こんな流れだったか。

然もありなん。会話の一端を耳にしただけでも理解できる。今のユーダイはかなり増長していた。気持ちは理解できなくもない。現代日本から剣と魔法のファンタジー世界に転生して、周囲の子どもよりも早く魔法が使えるようになって、前世の知識で商売を始めて。まさに、俺TUEEEを体現したような状況なんだから、自惚れてしまうのも無理はない。転生前は高校生という設定だったはずだから、なおさら自制が利かないんだろう。

「今回はスルー決定」

オレは不介入を決めた。

この一件は、ユーダイを精神的に成長させる重要なもの。下手に手を出して、彼が増長したままでいられるのは困る。昏睡状態になるマリナには悪いが、必要な犠牲ということで勘弁してほしい。のちに彼女が困った時は手を貸そう、と心のうちで決めつつ、オレはその場を静かに離れた。

村長宅に帰る道すがら、オレは思案する。

ユーダイに関しては、とりあえず不可侵が正解かな。多少会話を盗み聞きした程度だけど、原作の性格と大差ないように思う。つまり、オレの嫌いな勇者のままなわけだ。絶対に、カロンを近づけないぞ。

一応、監視はつけておこう。オレの知らない間に、とんでもない事態を引き起こしそうなんだよなぁ、彼は。内乱の二の舞はごめん被る。

ドッと疲労感が増す錯覚を覚えたオレは、それを振り払うように駆けた。

「あー、嫌だ嫌だ。もう勇者のことは忘れよう、そうしよう！　オレはカロンたちと幸せな生活を送るんだ！」

余計な心労なんて抱えたくないので、ユーダイのことは一旦棚に上げることにした。今のところ問題は起こっていないから、放置して良いはずだ。

明日中には領城に帰り、カロンやオルカと遊ぶんだ。そう計画を立てながら、オレはその日を大人しく過ごした。

そんな計画が水泡に帰すと知るのは、翌日の昼のことである。

○●○●○

「薬を分けてほしい？」

オレは素っ頓狂な声を上げた。

理由は、領都へ帰ろうと準備をしていたところ、村長より頼みごとをされたためである。内容は先のセリフの通り、薬を分けてほしいというもの。

すると、村長はオレが怒ったと勘違いしたのか、その場で土下座を始めた。

「も、申しわけございませんッ！　お貴族さまに対する無礼、平にご容赦ください。い、命だけは何卒ッ」

「気に障ってなんていないから、頭を上げてくれ。それよりも、どうして薬が必要なのかを話せ」

オレは呆れながら問う。

貴族に直接物品を要求するなんて、確かに無礼な所業だ。そういうことは、役人か商人に掛け合うのが筋だろう。相手によっては、その場で処断されても仕方がない。

だが、村長の表情には焦りが見える。相当切羽詰まった状況なのだと察した。ゆえに、即座に罰を与えはせず、情状酌量の余地を残す。

傍にいた騎士たちにも、控えるよう手で合図を出す。というか、すでに軽い【威圧】で抑え込んでいた。そうでもしないと、今頃、村長の首は物理的に飛んでいたからね。忠誠心が高いのも考えものだ。

村長は恐る恐る頭を上げる。

「よ、よろしいのですか？」

「何か事情があるのだろう？　無罪放免とはいかないが、話次第では情状酌量してやる」

「あ、ありがとうございます！」

貴族の体面があるため、何の罰則もナシというのは難しい。それを理解しているようで、村長は頭を地面へ叩き（たた）きつける勢いで、再び土下座を始めた。頭を上げろと言っているのに。

幾分か時間を置き、ようやく村長が落ち着いたところで話が進む。

彼が語ったのは、想像以上にマズイ状況だった。無礼を働いてでも薬を欲するのも頷ける。

「狩人全員が重傷か」

しかも、命に差し障る大ケガだという。このままでは村に狩りを行える者がいなくなり、肉を蓄えることができなくなる。隣の山から多大な恩恵を受けている村にとって、それは大きな痛手に違いなかった。いや、越冬前という時期を考慮すれば廃村の危機か。

何故、そのような事態に陥ったのか尋ねると、村長は渋りながらも答えた。

何でも、オレたちの食事を用意するためだったらしい。貴族に質素な料理を提供するわけにはいかないので、新鮮な肉を確保したかったのだとか。

うーん、これは罪悪感がすごいな。

今回の一件、村長が勝手に動いただけであって、オレに責任はない。とはいえ、すべてを無視するのは、あまりにも良心が痛んだ。こちらをもてなそうとした結果、相手が多大な損害を受けている状況は、さすがに放置できない。

「容態はどうだ？」

狩人たちの様子を見に行かせた騎士たちに、オレは尋ねる。

彼らは厳しい表情で首を横に振った。

「持って三日でしょうか」

「おそらく、フロックベアに襲われたのでしょうが、傷が深すぎます。我々の所持する薬では、一日二日の延命で精いっぱいです」

「そうか……」

薬を渡して終わり、とはいかないみたいだ。

「ハァ」

数分ほどの熟考を挟み、オレは大きく溜息(ためいき)を吐(つ)いた。

本当は頼りたくなかったんだが、この村が壊滅してしまうのは避けたい。まぁ、彼女の名声が高まると考えれば良いか。

「シオン、領城へ伝令だ」

「如何(いか)な内容をお伝えいたしますか？」

オレの指示に対し、打って響くように返答するシオン。

ずっと傍仕えしているだけあって、こちらの考えていることは把握しているようだ。頼りになる。

「明朝、カロンを呼ぶ。出立の準備をしておくよう伝えろ」

「承知いたしました」

シオンは慇懃（いんぎん）に一礼し、その場を離れていく。

重傷者を治すには、カロンの手を借りるしかない。彼女をユーダイに近づけたくはなかったんだが、背に腹は代えられなかった。このままだと、彼の故郷が潰れてしまう。

迎えはオレが行く。実は新たな移動魔法を開発しており、それを行使すれば、一瞬で領城と村を行き来できるんだ。周囲の目を考慮し、迎えには間を置くが。

新たな魔法は、シオンを含む領城で働く者の大半が知るところなので、言葉に出さなくても理解しているだろう。あとは、カロンの到着まで、狩人たちを生き長らえさせるだけ。

オレは騎士たちにも指示を出す。

「お前たちは狩人たちに薬を与えろ。出し惜しみはしなくていい」

「「「ハッ！　承知いたしました」」」

小気味好（こきみよ）い返事の後、護衛以外の騎士たちも去っていく。

ここまでの様子を見ていた村長は、涙ながらに頭を下げた。

「ぜ、ゼクスさま。私の嘆願をお聞きくださり、誠にありがとうございます！」

「構わない。だが、先の無礼に関しては、何かしらの罰を与えなくてはならないぞ」

「覚悟はできております」

「分かった。追って沙汰する」

「ははぁ」

「では、持ち場に戻れ。村長には、他にやることがあるだろう」

「はい、失礼いたします」

深々と頭を垂れる彼を、軽く手を振って退室させる。

部屋に残る者が護衛の騎士二人のみとなり、オレは座していた椅子に体重を預けた。

「ハァ、面倒なことになった」

狩人の重傷を指して、ではない。そのことも関連してはいるが、別の重大な問題が発生していた。

狩人が全滅しているのであれば、マリナを救助する人員が存在しないことになる。最悪、彼女が死んでしまうかもしれない。

多分に悲観的な推測が交じっているが、可能性はゼロではなかった。オレがこの村に来たせいでヒロインが死ぬなんて、目も当てられない事態だろう。

しかも、このままユーダイたちを見捨てた場合、彼に逆恨みされる展開もあり得る。客観的に見るとオレの責任はほとんどないんだが、そうなるのは蓋然的だった。

何故なら、ユーダイは自分の正義を過信する傾向が強いから。そこに情の厚さが加わるせいで、ほぼ確実に個人的感情と事実を混同し、こちらを敵視してくる。分かりやすく、子どもっぽい性格と言い換えても良いかもしれないな。

現状、オレが狩人の代役を務める他なかった。騎士たちでは、崖下に落ちた少女を救うには装備が重すぎる。

しばらく瞑目(めいもく)していたオレは、おもむろに立ち上がる。そして、騎士たちに告げた。

「出てくる。帰るまで、身内以外は誰も部屋に入れるな」

「ハッ、承知いたしました。どちらに向かわれるのですか?」

「山だ。できるだけ早く戻るが、状況次第では翌朝までかかるかもしれない。その時の言いわけは、シオンにでも考えさせてくれ」

「承知いたしました。お気をつけて」

騎士たちはオレの強さを存分に理解している——たまに模擬戦をやっている——ため、引き留めようとはしない。話が早くて助かる。今度の模擬戦では、少しだけ手心を加えてあげよう。

オレは【位相隠し(カバーテクスチャ)】で姿を消し、ユーダイたちの待つ山へと向かった。

山の中は、思ったよりも危険地帯だった。前もって聞いていた以上に魔獣の数が多かったんだ。

フロックベア——全長二~三メートルのクマの魔獣——が最大の敵なので、全体的な危険度はそそこそこ。冒険者ならランクCが複数人で当たれば問題ない程度ではある。だが、それは戦闘職目線の話であって、村人たちにとっては十二分に脅威だった。山に慣れた狩人たちが、瀕死の重傷を負うのも得心がいった。

村が全滅していないことから、今までは魔獣溢れる山ではなかったんだと思う。では、何故に魔獣の数が増えたのか。移動中に、そういった疑問が脳裏に浮かんだが、すぐさま振り払った。

今は、疑問を解消している余裕はない。一刻も早く、ユーダイたちを発見する必要があった。

ちなみに、現在のオレは冒険者シスに【偽装】している。黒髪黒目で全身黒装束、そして、白い仮面をかぶった成人男性の姿だ。

不審者すぎる格好だけど、仕方ない。貴族令息であるゼクスが山にいる方が不自然だし、肝心のユーダイが貴族の言うことを聞いてくれない可能性がある。

幸いと言うべきか。ユーダイたちが普通に山登りをしてくれたお陰で、彼らの足跡は簡単に辿れた。他の魔獣にも居場所を察知されているとは思うけど、そこはユーダイの実力を信じるしかない。最悪、死んでいなければ、カロンが治してくれる。

魔獣を蹴散らしながら山中を駆けること一時間弱。ようやく、ユーダイたちの気配を察知できた。絶賛戦闘中らしく、魔獣の雄叫びが聞こえ、魔法行使による魔力波も伝わってくる。

ずいぶん、奥深くまで足を運んでいたんだな。こんなに魔獣がウロウロしている中、よくもまぁ、子どもだけで来られたものだよ。感心半分呆れ半分といった心境になる。

オレは足に魔力を集中させ、一気に踏み出した。十倍を超える強度の脚力によって、オレの視界は一瞬で切り替わる。森の中から開けた断崖へと。

ユーダイとロートの姿を視認できた。十体のフロックベアに囲まれており、ユーダイが魔法で応戦しているものの、手数不足のせいで崖際へ追い込まれていた。ロートが崖下に向かって声をかけていることから、マリナはすでに落ちた後か。

結構ギリギリだった模様。本来なら、魔獣はユーダイの力だけで乗り切れるはずだが、状況を見るに、その辺りも原作とは違う展開になっているらしい。

オレは短剣を取り出し、フロックベアたちの間を駆け抜けた。刹那の間にユーダイらの下へ辿り着き、【位相隠し(カバーテクスチャ)】に短剣を戻す頃には、すべてのフロックベアは地面に倒れ伏す。

こんなものだろう。村人や未熟なユーダイなら手こずるかもしれないが、オレにとっては物の数ではない。

「へ？」

一瞬のできごとすぎて、すべて目撃していたはずのユーダイは呆(ほう)けていた。魔法を撃つために掲げた両手をそのままに、口をポッカーンと開けている。

ロートも戦闘音が鳴り止(や)んだことに気づいて振り返ったが、正体不明の男(オレ)の出現と魔獣の全滅を目にして、完全に硬直していた。

いつまでも放置するわけにもいかないので、オレは声を掛ける。

「二人とも大丈夫か？」

「えっ、あっ、はい」

「だ、大丈夫です」

何とか言葉は返せたものの、未だ呆然(ぼうぜん)としている二人。

仕方ない。ここはオレが誘導しよう。

「オレは冒険者のシスだ。二人の名前は？」

まず、不信感を拭うように自己紹介を行う。身分証となる冒険者カードを提示し、仮面も外した。

「えっと、ユーダイ、です」

「ロート、です」

身分を明かしたお陰か、二人の緊張が少し緩む。

オレは質問を続けた。

「まだ子どもに見えるが、保護者は？」

「お、俺たちだけ、です」

「さ、三人で、遊びにきたんです。そ、そしたら、魔獣がいっぱいで……」

ようやく頭が回り始めたらしい。ユーダイの方は魔力不足で話すのも辛(つら)そうだけど、ロートとは会話が成立しそうだ。

オレはロートに焦点を絞り、会話を進める。

「三人？　二人しかいないが」

「そ、そうなんです！　ま、マリナが、崖の下に落ちちゃってッ。お、お願いします、マリナを助けてあげて！」

「お願いしますッ！」

ロートとユーダイは、土下座する勢いで頭を下げた。

思った以上に上手く事を運べた。最初から助けるつもりだったけど、向こうから依頼された方が、冒険者としては自然な流れだからな。

オレはわざと悩む振りを挟んで、仕方ないといった雰囲気で答える。

「子どもを見捨てたとあっちゃ、寝覚めが悪いか。いいだろう。今回だけ特別に、無償で手を貸してやる。ただし、二度目はないぞ」

「「あ、ありがとうございます！」」

異口同音に礼を述べる二人。

それを軽く手を振って受け流し、オレは崖下へと視線を移した。

「げっ」

思わず声が漏れる。想像以上に、崖が深いためだった。

現在地は山の中腹より少し上くらいなんだが、崖下は麓まで一直線だった。およそ四百メートル以上の高さがある。下には鬱蒼とした森林が広がっているとはいえ、落ちたらタダでは済まないだろう。

原作だと無事だったらしいけど、本当に生きているのか、これ？

訝るオレだったが、それを面には出さない。ユーダイたちの不安を煽る必要はないだろう。

ただ、さくっと救助するのは難しそうだった。マリナの捜索も崖下へ向かうのも探知術や【身体強化】があれば容易いけど、それでも多少の時間を要する。その間、ユーダイとロートを放置するのは危険だ。何せ、まだまだ魔獣は跋扈しているんだから。魔力切れの勇者と無力な子どもを残してはおけない。連れて行くのも、足手まといにしかならないので却下。

かといって、二人を麓まで送っている時間もない。二人を残せないのと同様に、今度はマリナが危なくなる。

オレは一度、頭を掻いた。その後すぐ、ユーダイたちに手のひらを向け、一つの魔法を発動する。

「【スリープ】」

「「あっ」」

こちらの行動に疑問を挟む暇なく、二人はその場に崩れ落ちた。

彼らが地面に倒れ込む前に受け止め、それぞれ脇に抱える。【身体強化】の恩恵により、筋力や体格の問題は発生しない。

先程の精神魔法の影響で、ユーダイとロートは眠りについていた。安らかな寝息が聞こえてくる。

【スリープ】は名称通りの魔法で、対象を眠らせるものだ。たいていは【威圧】で気絶させるけど、今回のような場合を想定して用意していた。備えあれば憂いなし、ってね。

何故、ユーダイたちを眠らせたのかといえば、これから発動する魔法を見せたくなかったからだ。オレの持つ魔法は非常識なモノが多いけど、今回使用するものは、その中でも上位に入るほどぶっ飛んでいるんだ。

「【位相連結(ゲート)】」

手を掲げた先に、ぽっかりと穴が開いた。穴の先には、山麓の――村の出入口付近の風景が広がっている。

これこそオレの秘策の一つであり、明朝カロンを連れてくる術。いわゆる、転移系の魔法だ。

術理は単純である。無属性魔法の【位相隠し(カバーテクスチャ)】の『覆ったものを、どこからでも取り出せる』という特性に注目し、『別々の出入口を同時に開けば、転移と同等になる』と発想を転換したんだ。効果範囲はオレの魔力の届く距離まで、もしくは魔力マーキングした地点。前者の範囲は、現状だと約百キロメートルである。

まぁ、言うは易(やす)く行うは難し。【位相連結(ゲート)】はアカツキの助けおよび何万回にも及ぶ試行錯誤の末に完成した術であって、そう簡単に発現できる魔法でもなかった。転移なんて前世の知識を動員しても想像し切れないので、致し方のない結果だろう。

この世界に転移系の魔法は存在しない。いや、正確には認知されていない。だから、ユーダイたちを眠らせたんだ。【位相連結(ゲート)】を他者に知られるのはリスクが高すぎる。

原作通りの彼らであれば、見せても黙っていてくれるとは思う。助けてくれた相手の秘密を暴露するなんて卑怯(ひきょう)な行いを、強い正義感が許すはずない。

だが、無条件に信頼するには、この秘密は大きすぎた。誰かが無理やり口を割らせる可能性も考慮すると、彼らの身を守るためにも、やはり目撃させないことが一番だった。

ユーダイとロートの二人を向こう側に下ろした後、【位相連結(ゲート)】を即座に閉じた。探知術で調べた限りでは、目撃者は誰もいない。

安堵とともに、懐から魔道具を取り出す。一見すると懐中時計のそれは、上級風魔法の【遠話】を付与された魔道具だ。対になる同種の魔道具との遠距離通信を可能とする。一般普及はしていないが、貴族ならばどの家も所持している代物だった。

オレは魔道具のスイッチを入れ、話しかける。

「こちらシス。緊急連絡だ」

『――ジジッ――如何なさいましたか?』

シオンの声が聞こえてくる。ややノイズ混じりなのは、あちらが屋内にいるためだろう。【遠話】は屋内だと通じにくい欠点が存在した。

時間が惜しいので、構わず続ける。

「山に侵入してた子どもを保護した。村の出入口に置いておいたから、回収してくれ。オレは崖下に落ちたという残り一人を救助する」

『――承知いたしました。お気をつけください』

こちらが急いでいるのを理解したらしく、特に質問を投じることなく応じてくれた。さすがはシオン、気が利くね。

オレは魔道具を懐へ戻し、そして、崖下へと飛び降りた。

すでにマリナの居場所は摑んでいる。ただ、彼女の付近に妙な魔力反応があった。危険性は感じないが、念を入れて急ぐとしよう。

マリナが落下した場所は、大きな洞窟の傍だった。地層のズレによって生じたもののようで、大地がせり上がった風な形状をしている。

マリナはすぐに見つかった。洞窟の前、石切り場にも似た岩の上に、仰向けで眠っていた。

その様子を見て、オレは眉根を寄せる。

彼女の状態は不自然だった。あんな固い場所に落下しておいて、かすり傷の一つも負っていないなんてあり得ない。周囲の木々が緩衝材になったとも考えたが、岩の真上はちょうど開けた空間になっていた。

とっさに魔法で対処した？　いや、ただの平民であるマリナが、魔法を扱えるはずがない。加えて、原作での彼女は魔法の才能に乏しい設定だった。仮に魔法を使えたとしても、四百メートルにおよぶ落下に対処するなんて不可能だろう。

では、どうやって無傷で乗り切ったのか。

……答えは出ない。しかし、何らかの要因が、この辺りに存在する気がした。先程からの妙な感覚こそ、その証左だと思われる。

探知術に合わせて【先読み】も発動し、いざという時に備える。現時点で敵意は察知できないけど、オレがマリナに接近した場合もそのままとは限らない。

小さく息を呑み、満を持してマリナの下へ歩を進める。

そんな憂慮とは裏腹に、何の障害もなく彼女の傍に辿り着いた。若干、拍子抜けである。

「ん？」

僅かな魔力の騒つきを感知する。見れば、オレの魔力がマリナに流れていた。ごくごく少量、一パーセントにも満たない量だったが、【魔力譲渡（トランスファー）】もせずに流出している。普通は起きない現象だ。

オレはマリナの状態を精査する。魔力を彼女に向けて放射し、ＭＲＩのマネごとを行った。光魔法の【診察】とまではいかないけど、これなら何らかの異常があれば確認できるはず。

結果として、外傷はまったくなかった。ただ、魔力が限界まで枯渇しており、体力も僅かに減っている傾向が見られた。現在も続く魔力流出現象は、極度の魔力枯渇のせいだと推測できる。

やはり、魔法を使ったのか？

無傷の理由を再考するも、即座に棄却する。今の精査で、よりいっそう魔法行使の線はなくなった。何せ、マリナの魔力上限はとても低い。落下の衝撃を抑制できるほどの魔法は放てないんだ。たとえ、魔力どころか体力のすべてを使い果たしたとしても。

無傷であることと魔力枯渇が結びつかない。マリナの状態は謎でしかなかった。

とはいえ、判明していることもある。それは、現状が原作通りの展開であること。

原作のマリナは、このイベント後の一週間を昏睡状態で過ごす。然もありなん。睡眠が一番の魔力回復手段なんだもの。魔力が枯渇していたら、眠り続けるに決まっている。

「さて、彼女を連れて帰るとしますか」

真相は解明できていないが、どうしても知りたいわけではない。原作でも謎のままだったけど、マリナはもちろん周囲にも悪影響はなかった。カロンたちに被害がないのなら、放置でも構わない。

思考を切り替え、マリナを抱えようと腕を伸ばす。

ところが、オレが彼女に触れることは叶わなかった。

何故なら——

「うおっ」

突如として、オレとマリナの間に、石の壁が迫り出してきたんだ。

とっさにバックステップを踏み、石壁から距離を取る。そして、すぐに周囲の警戒を始めた。

今のは中級土魔法の【ストーンウォール】に似ている——が、何か微妙に異なる気がした。警戒を怠れないため、しっかり石壁を観察できたわけではないが、直感的に別物だと分かる。

未知の魔法を扱う何者かが近くに潜伏しており、その者がマリナを守護しているのか？　おそらく、彼女の落下の衝撃を防いだのも、その〝誰か〟だろう。彼女を守る理由は判然としないが、概要は当たっていると思う。

あちらから敵対行動を取られたわけだけど、こちらも敵意を返すのは悪手か。オレ自身はマリナの救出を目的としているが、攻撃を仕掛けてきた〝誰か〟はそれを知らない。謎の成人男性が少女に近づいた、という情景を客観視すれば、事案だと勘違いされている可能性は捨て切れない。

【ストーンボール】に酷似した石礫（いしつぶて）が十数も飛来してきたので、横に跳んで回避した。その後も、オレを狙って何度も石礫が発射されてくる。

正体は分からないが、土魔法の技量が相当高い。一度に二桁の【ストーンボール】――正確には別物っぽいが――を撃てているうえ、コントロールも達者だ。何より、自身の居場所を悟られぬよう、隠れているのとは別の場所から魔法を発射している。そんな芸当、宮廷魔法師でも実行不可能だろう。

宮廷魔法師以上の使い手が、一介の村娘を守る？　本当に意味の分からない状況だな。

石礫の弾幕が途切れる様子は見られないため、オレは回避に徹しながら魔力を探る。いくら発射地点を偽装しても、術者から発せられる魔力は偽れない。

すぐに術者の居場所は特定できた。マリナの奥、洞窟の内部に潜伏している模様。

しかし、何か妙だ。さっきから妙なことばっかりだが、これは輪をかけておかしい。魔力は全身を巡っているので、対象の姿形を大雑把に把握できるんだが、謎の魔法師はとても小柄だったんだ。手のひらサイズ、十センチメートルほどの身長しかなかった。

「悩んでる場合じゃないか」

現状を維持して、解答を導き出せるわけない。悩んでいれば、相手が攻撃を止めてくれるわけでもない。であれば、くよくよせず突撃してしまおう。

オレは意を決して、洞窟内部へと跳んだ。【身体強化】の恩恵によって、相手が魔法を放つよりも早く駆け抜ける。

肝心の魔法師は、洞窟に入ってすぐの岩陰に潜んでいた。

「なっ!?」

魔法師の正体を目撃したオレは絶句する。

彼女は探知情報の通り、十センチメートル程度の小人だった。茶色のショートヘアにクリクリした茶色の瞳、サイズ的に幼女然としていたけど、その顔立ちはとても整っている。ボーイッシュな様相の美少女だ。

だが、ここまでの情報に絶句したのではない。小人であることは驚いたものの、探知によって事前に把握していたため、僅かな驚きに収まっている。

では、何に驚愕(きょうがく)したのか。この美少女が、実体を持たぬ魔力体だったからだ。

魔力体とは読んで字の如く、魔力で体を構成している事物を指す。通常、物理的な肉体を持たない生物なんて存在しないんだが、一つだけ該当する種族があった。

珍しいことに原作知識ではなく、この世界に転生してから得た知識。

「精霊、か？」

精霊とは、大気中に漂う魔素が集い、自然に魔力へ変換され、意思を持った存在である。魔法適性と同じ六つの属性いずれかを有する精霊がいて、それぞれに適応した自然の中——火の精霊なら火山、水の精霊なら湖など——に住まうらしい。

ただ、前述したように、精霊は魔力の集合体。魔力感知能力の低い人間や獣人では視認不可能だ。感覚の鋭い者で、ようやく傍にいるのを察知する程度である。ゆえに、人間や獣人にとって、精霊は伝説の存在だった。身近にいるかもしれないと想像はできても、相対することの叶わぬモノだった。主人公たちには見えないからか、原作でもまったく触れられなかった。

しかし、ここで一つの可能性が生じる。魔力を視認できる【魔力視】を持つオレなら、精霊を視認できるのではないかと。

これまで試す機会は巡ってこなかったけど、今この瞬間、その疑問は解消された。

「は？　えっ？　もしかして、見えてる!?」

先の発言やオレの目線を鑑みて、精霊も自分の姿が捉えられていると理解したようだった。丸い茶の瞳が瞠目（どうもく）し、小さな口をこれでもかというくらい盛大に開けた。

両者ともに、予想外の展開すぎた。対面したまま一秒、二秒と硬直し続けてしまう。

幾秒か経過した頃。ようやく事態を呑み込めたオレたちは動き出した。

「ワタシたちを視認できるとは生意気な人間めッ。あの少女には絶対に悪さをさせないぞ、成敗してくれる！」

精霊は両手を掲げ、こちらへ向けて魔法を撃とうとする。動機は分からないが、マリナを救ったのは彼女で間違いないらしい。

オレは慌てて両手を上げ、弁明を始めた。

「ま、待て待てッ。オレは彼女に悪さをするつもりは毛頭ない。むしろ、救助に来たんだよ！」

ところが、精霊はまったく聞く耳を持たない。

「問答無用！　姿を偽る怪しい奴の言葉なんて、信用ならんッ」

オレの制止も虚しく、精霊は【ストーンボール】モドキを連発してきた。

至近距離の弾幕には、さすがのオレも余裕がない。【先読み】をフル活用して、飛び、跳ね、アクロバティックに回避した。

「ち、ちょっとは話を聞いてくれよ！」

余裕がない中、何とか声を振り絞るものの、返ってくるのは石礫のみ。先程の発言通り、問答無用らしい。

ああ、もう仕方ないな！

気絶しているとはいえ、近くにマリナもいるんだ。本当はずっと隠したままでいたかったけど、頑固な精霊を説得できそうにないので諦めるしかない。

オレは降りかかる石礫を避けながら、自身に施していた【偽装】を解除した。冒険者シスの姿はスゥと虚空に消え、八歳児であるゼクスの姿が明るみに出る。

それを認めた精霊は、自分の姿を目撃された時以上の反応を示した。

「なっ、子どもだと!?」

愕然（がくぜん）として目や口を開き、連発していた魔法も停止する。どうやら、オレが八歳の子どもだったことが、相当衝撃的だったらしい。

攻撃が止まった隙に、オレは主張する。

「本当に、あの少女を助けに来ただけなんだよ。姿を偽ってたのは、オレに身分を隠したい事情があるからだ。やましいところは一切ないって誓える！」

「む、むぅ」

精霊は狼狽えている。もしかしたら、彼女は子どもに甘い性格なのかもしれない。マリナも助けたようなので、その可能性は高そうだった。ならば、畳み掛けるチャンスである。

「証人を呼ぼうか？　その女の子の友だちに頼まれたんだ。今は村へ帰してしまったけど、すぐに呼び出せるぞ」

村は【位相連結（ゲート）】の射程範囲内だ。シオンに連絡を入れれば、すぐにでも呼び出す準備は整う。

人目を気にする必要はあるが、連れてくること自体は問題なかった。

だが、精霊の様子を見ると、わざわざ連れてくる必要はなさそうだった。

「そ、そこまで言うということは、本当なのか？　いや、でも、姿を偽っていたなら、ワタシを騙(だま)したのと同義だし……」

「だから、姿を変えてたのは、必要に迫られてのことだ。キミ個人を騙したかったわけじゃない。依頼した子どもたちにも、さっきの姿で応対してた」

「う、うーむ。その必要に迫られてとは、どういった状況なんだ？　姿を偽るなんて不誠実なことをしなくてはいけないほど、追い詰められているのか？」

「最悪、妹が死ぬ」

オレは端的に返す。

嘘(うそ)は言っていない。直接の原因ではないけど、最終的には帰結する。回りくどく説明するよりも、こうやって伝えた方が効果的だろう。細かい説明は、信頼関係を築いた後にでも行えば良い。

「……お前は敵ではないようだな。すまなかった、いきなり攻撃したりして」

こちらの目論見(もくろみ)は成功したようで、精霊は掲げていた腕を下ろした。昂(たかぶ)っていた魔力も落ち着く。

ホッと胸を撫(な)で下ろす。一時はどうなるかと心配だったけど、何とか場を収められたらしい。誰も血を流さなくて本当に良かった。

オレは軽く手を振って、気にしていないと返す。それから、気まずい空気を払拭するよう、自己紹介に移った。

「オレの名前はゼクス。ゼクス・レヴィト・ユ・サン・フォラナーダだ。普段はフォラナーダ伯爵家の長子の立場だけど、冒険者として働く時はさっきの姿でシスと名乗ってる」

「ワタシは土の精霊、名をノマという。これと言って地位などは持ち合わせていないが……料理人を自称している」

土精霊ノマは、オレの名乗りに礼儀正しく返してくれた。態度や口調から、かなり義理堅い性格なんだと察しがつく。だからこそ、こちらの言葉に聞く耳を持ってくれたんだろう。

お互いに自己紹介を終えた後、オレは問う。

「料理人なのか？」

礼服にも似た男物の服を着用しているため、どちらかと言うと騎士や貴公子といった印象だった。ちゃんと女性だと分かるけど、男装の麗人みたいな凛々しい雰囲気をまとっている。

そも、精霊は魔力を燃料としているはずだから、料理なんて必要ないのでは？

すると、この話題はノマの心の琴線に触れるものだったらしく、目を輝かせ、大仰に身振り手振りを始めた。

「そう、ワタシは精霊初の料理人なんだよ！　精霊という奴は、どいつもこいつも好きな味の魔力しか食わん。だが、ワタシはその単調な行いに、否を突きつけたいんだ。人間やエルフを見たまえ。彼らは食材を加工する。一見食べられなそうなものでさえ、美味な料理へと変身させてしまう。それは素晴らしいことだと思わないかい？　だから、ワタシも考案したんだよ、魔力の調理法を！　だというのに、他の精霊たちはワタシの考えを一笑に付したんだッ！　ああ、今思い出しても腹立たしい。机上の空論だなどと宣(のたま)った奴らをぶん殴ってやりたい！」

最後の方は、もはやオレに向けた言葉ではなかった。仲間うちで揉めごとがあったようで、恨み辛みを吐き出している。

オレは彼女を放置することにした。こういう時、下手に突っつくと飛び火するものだからな。

ブツブツと怨嗟(えんさ)するノマを尻目に、オレは改めてマリナの様子を窺う。

濃い水色の髪を一本に結んでいる少女は、田舎村の出身とあって素朴な雰囲気がある。一方、容姿はとても麗しく、しっかりと身だしなみを整えれば、貴族令嬢と紹介しても通じるだろう。

勇者サイドにおける攻略対象——マリナ・アロエラ・クルス。エンディングはともかく、マリナの物語は勇聖記(ブレイブセイント)の中で一、二を争うくらい好きだった。マリナの恋心と残酷な現実に対する悔しさと葛藤が強く伝わる、心に響く話だった。だから、オレにとって、マリナは思い入れの深いキャラクターなんだ。そんな相手を間近で見られるなんて、少し感慨深い。

とはいえ、慕っていたのは、あくまでも〝原作ゲームのマリナ〟である。現実の彼女は別人であると割り切っていた。基本的に放置という方針を取れるくらいには、ね。

まぁ、関心がゼロとは言わないけど。今回みたいなピンチに手を貸す程度は許されるだろう。

「人間、聞いているのか！」

マリナを眺めている間に、ノマの愚痴は終わっていたようだ。彼女の力強い声が聞こえてくる。
オレは彼女の方に向き直りつつ、肩を竦めた。

「オレの名前はゼクスだ。『人間』なんて味気ない呼び方はやめてくれ」

「フンッ。人間は人間だろう。ワタシは人間の作る料理は好きだが、人間自体は好かないんだよ。お前たちは自然への敬意が足りん！　それに、魔力操作の技量が稚拙なせいでワタシたちの姿さえ見られないし、魔力量も魔法を扱える最低限しか持ち合わせていない。まったくもって嘆かわしいッ」

ノマは不遜な態度で鼻を鳴らす。
彼女は人間を下に見る価値観を持っているみたいだが、それは精霊の基本観念なのか？
こればかりは前世の記憶を持つオレでも分からない。ゆえに、その辺りを尋ねた。聞くは一時の恥、聞かぬは一生の恥、である。
すると、ノマは「そのようなことも知らないのか！」と文句を垂れながらも、自分の価値観は精霊共通だと教えてくれた。

「精霊は、魔力関連の能力を重視する傾向なのか。となると、獣人の認識は人間と同じくらいで、エルフは多少マシって感じ？」

「そうだ。ワタシたちは魔力の量、質、操作技術などを鑑みて、相手が尊敬に値するかを判断する。エルフは多少見どころがあるが、他の種族は考慮にも値しない」

偉そうな態度を取っていても、やはり質問には答えてくれる。見下す相手にも対応してくれる真摯な態度は、ノマの真っすぐな心根を体現していた。初遭遇の精霊が彼女で良かったと思う。人間を見下すのが精霊の一般的な価値観なら、彼女以外では会話すらままならなかっただろう。

しかし、精霊の価値観を聞けたのは僥倖だ。魔力で体を構成しているがゆえに、その方面の価値を高く見積もっているのかな？

この知識を活かせる研究はしていないけど、好奇心は満たせたし、将来的に役に立つかもしれない。何がどこで活躍するかなんて、意外と分からないものだ。

そういえば、エルフの中には精霊魔法師という、精霊と契約を交わして力を借りる者がいると聞いたことがある。

対等な契約という話だったが、ノマの言い草からエルフも下に見ているように感じるので、実際は異なるのかもしれない。契約は契約でも、雇用契約の方がニュアンスは近いか。『魔力という賃金を払うから、精霊魔法で私を守ってください』と、エルフ側が懇願している風に思える。

そこまで考えて、不意に新たな好奇心が湧き出る。

はたして、そこまで豪語する精霊の魔力量や操作技術は、どれほどなのかと。

その二項目に関しては、オレにも多少の心得がある。というより、無属性魔法はその性質上、それらの能力が卓越していないと扱えない。魔力を瞬時に圧縮し、暴発しないよう放つわけだからね。

しかも、アカツキとの特訓によって爆発的に成長している最中。並の人間とは比べ物にならないと自負していた。

だから、オレの力量を精霊がどう判断するか、かなり興味をそそられる。

「それなら、オレの技量を測ってくれないか？　魔力量と操作技量は、結構自信があるんだ」

気がつけば、そう口を衝いて出ていた。せっかくの機会に試してみたかったんだ。

すると、ノマは嘲笑する。

「何を言うかと思えば、自分を試せだと？　精霊をハッキリ目視できる才能は認めるが、身の程を弁えたまえ。人間の中では実力のある方だとしても、所詮は人間であることに変わりはあるまい」

「何か減るわけでもないんだし、別にいいだろう？　精霊の評価を知りたいんだ。少なくとも、エルフより魔力量は多いからさ。頼むよ」

三種いる人類の中で、もっとも魔力関連に優れているのはエルフだ。人間を基準にすると二倍前後の差が存在する。現状のオレは平均的な人間の千倍の魔力を保有するので、まず間違いなく人類最多魔力量を誇っている。

あと、こっそりノマの魔力量を測ったところ、オレの方が五十倍ほど多い。人間に魔力量で負けていると知った時、彼女がどんな反応をするか楽しみだった。上手くいけば、今の偉そうな態度を軟化させられるかもしれない。

「分かった、分かった。そこまで言うなら見てやろう」

オレの執拗さに折れ、ノマは測定を受諾してくれた。全面に『愚かな奴』みたいな表情を湛えているけど、精霊から見た人間の評価はそれほど低いのだと納得しておく。

「何か、オレがすることはあるか？」

「何もしなくていい。少し集中して見れば良いだけだ」

　そう言ったノマは、眉間にシワを寄せてオレを凝視してきた。ジィィィィと彼女の視線が突き刺さるのは居心地悪く感じるけど、こちらから頼んだことなので我慢する。

　どれくらい時間がかかるんだろうという疑問が浮かんだけど、それを言葉にする前に結果は表れた。――ノマの絶叫という結果が。

「ひゃあああ！」

「な、何ごと!?」

　突然の悲鳴に驚きながらも、オレは周囲警戒に努める。彼女が敵襲を察知した可能性を考慮したんだ。

　しかし、オレの警戒は無駄に終わった。ノマは敵襲を知らせるために声を上げたのではなく、オレに恐怖して叫声を上げたんだから。

　その証拠に、彼女は土下座を敢行していた。

「ごめんなさいごめんなさいごめんなさいごめんなさいごめんなさいごめんなさいごめんなさいご

めんなさいごめんなさいごめんなさいごめんなさいごめんなさいごめんなさいごめん
なさいごめんなさいごめんなさいごめんなさいごめんなさいごめんなさい」
しかも、延々と謝罪を口にしている。顔は見えないが、あの様子だと絶望した表情を浮かべてい
ることは想像に難くない。
「ち、ちょっと……」
「ひぃぃぃぃぃ、ごめんなさいごめんなさいごめんなさいごめんなさいごめんなさい
ごめんなさいごめんなさい」
こちらが声を掛けようものなら、さらに怯えてしまう始末。まったく手に負えなかった。
まさか、魔力を見せただけで発狂するとは思わなんだ。まだ訊(き)きたいことが山ほどあったという
のに、これでは会話さえ成立しない。
好奇心は猫を殺す——とは状況は異なるが、別の質問を優先するべきだった。反省しよう。
しかし、この怯え切った精霊をどうしたものか。マリナを村に帰す都合、ここに長居はできない。
かといって、醜態を晒(さら)すノマを放置するのも後味が悪い。
「仕方ない」
オレはノマを【位相隠し(カバーテクスチャ)】に放り込む。隠密ではなく、収納の方で。こうすれば、落ち着くまで
安全なところで放置できる。そのうち顔を合わせ直さなくてはいけないが……まぁ、未来のオレに
期待しよう。ノマの発狂も収まっていると信じたい。

「はぁ」

疲労を湛えた溜息を吐きながら、オレはマリナを抱えて山を下りるのだった。


その後の展開は、おおむね望んだ通りだった。

まず、マリナを含む子どもたち三人は、無事に親元へと帰れた。引き渡しはシオンに任せてしまったけど、上手く誤魔化せた様子。あとから面倒が発生しても、冒険者シスに押しつけられるので、さほど問題はないだろう。

重傷を負った狩人たちも、翌朝には一命を取り留めた。連れてきたカロンの手腕は見事なもので、一瞬でケガが完治。【疲労回復（フルエナジー）】も同時に施し、すぐにでも日常に復帰できるようになった。そのお陰で、彼女の名声はさらに高まった。良い傾向である。

ただ、ユーダイとカロンが接点を持ってしまったのは、失敗だったかもしれない。狩人たちからお礼を告げられるカロンを、ユーダイは遠巻きに眺めていたんだが、彼の瞳には微（かす）かな恋心が宿っていたんだ。どうやら、カロンに一目惚れ（ひとめぼ）してしまったらしい。

気持ちは分かる。だが、お兄ちゃんは許しません！　絶対に、あいつの嫁にはせんぞッ。

ちなみに、ユーダイや狩人たちを襲った山の魔獣については、やはり異常事態だったようだ。いつもは、あそこまで凶暴ではないという。

討伐部隊を派遣すると村長に約束する一方、その日のうちにオレが狩り尽くした。後日、つじつま合わせの部隊を送る予定である。

最後に回収した精霊ノマについて。発狂は収まったものの、【位相隠し(カバーテクスチャ)】に閉じこもったまま。というのも、オレを完全に怖がってしまっているんだ。オレの魔力量は、彼女の想像を遥(はる)かに上回る化け物レベルだったみたいで、トラウマになってしまった模様。震える声で「貴方(あなた)さまが怖い」とだけ話してくれた。貴方さまって……。

時間を置けば慣れるという彼女の言葉を信じて、しばらく放っておくことにした。【位相隠し(カバーテクスチャ)】内は魔力が豊富で、精霊にとっては食糧庫と変わらないらしいため、餓死の心配はいらない。

問題は山積しているけど、当初の目標は達成できた。今後は部下にユーダイの動向を監視させ、適宜対応していきたい。二度と関わらないことを願うが、正直、無理そうな予感がしている。

とりあえず、何が降りかかってきてもカロンたちを守れるよう、今日も鍛錬頑張りますかッ!

Section3　魔法の教師

勇者ユーダイの村での一件が片づき、オレたちは帰路についた。急ぐ仕事もないため、ゆっくり馬車で帰ることにする。だいたい三日の道程だ。

一人だけ城に残っていたオルカが【遠話】の魔道具で『二人だけズルイ』と訴えてくる事件は発生したものの、およそ平和な旅路だったと思う。無論、オルカも【位相連結(ゲート)】で回収しましたとも。

しかし、その平和は、領城への帰還と同時に終了することとなる。

「お帰りなさいませ、ゼクスさま、カロラインさま、オルカさま」

幾人かの使用人が出迎えに見え、代表して家令のセワスチャンが声を掛けてくる。

表面上の態度こそ普段通りの慇懃(いんぎん)さだったが、精神魔法を修めているオレは見通していた。彼の中にうごめく不安、焦燥といった感情を。

オレたちが不在の間に、何らかの問題が発生したらしい。魔道具で連絡を取ってこなかった辺り、そこまで緊急性の高い案件ではないと推測するが、はたして。

オレは目を細めつつ、各自に指示を出す。

「カロンとオルカは、先に自室へ戻ってなさい。しっかり休養を取ること。担当者は二人の世話をよろしく。疲れているところ悪いが、シオンはオレに同行だ。セワスチャン、別室で話すぞ」

「「「「「承知いたしました」」」」」

部下たちは一斉に敬礼し、各々の仕事に取りかかる。

カロンたちも、世話係に連れられて部屋へ向かおうとするが、その前に問うてきた。

「お兄さま、あとでお部屋にお伺いしてもよろしいでしょうか？」

「あっ、ボクも行きたい！」

カロンとオルカが、オレへ期待するような眼差（まなざ）しを向けてくる。

それを受け、オレは少し逡巡（しゅんじゅん）した。チラリとセワスチャンを覗（のぞ）き見、彼が首を横に振ったのを認めてから答える。

「ごめん。二人とも自室で待機しててくれ。後で、オレがそっちに足を運ぶよ」

「……分かりました。お仕事頑張ってくださいね、お兄さま」

「頑張ってね、ゼクス兄（にい）」

オレは努めて笑顔を見せたはずだけど、二人には見透かされてしまった感じがあるな。まぁ、日頃から一緒に過ごしているんだ、ある程度は仕方ないか。

察しの良すぎる弟妹たちに苦笑を浮かべつつ、オレは二人の部下を伴って城内へ進む。

はてさて、鬼が出るか蛇が出るか。先行きの不安を胸に秘め、密（ひそ）かに覚悟を決めるのだった。

フォラナーダ城内でもっとも防諜(ぼうちょう)に優れた部屋は執務室だ。仕事中だった他の部下を一時的に下がらせ、オレは自らの椅子に座った。シオンとセワスチャンは立ったままである。

「で、何があった？」

短く促すと、セワスチャンは一礼してから話し始める。

「まずは前置きから入るべきですが、ゼクスさまは色々と悟られているご様子。無礼承知で、直球に申し上げます。魔法教師を担われる宮廷魔法師が、昨日ご到着になられました」

「なに？」

オレは目を細めた。

いくら何でも急すぎる。貴族家に訪問する際はアポイントメントを取り、そのうえで到着前に先触れを放つのが通例だ。秋頃に向かうとは知らされていたものの、訪問の予約がされたという話は聞いていない。聞いていれば、このタイミングで勇者の村へ査察になんて行かなかった。

こちらの表情から察したらしく、セワスチャンは補足する。

「先触れもございませんでした。無論、王宮の推薦状を確認しておりますので、偽者の可能性は皆無です」

「……そうか」

色々と思うところはあるけど、すべてを呑(の)み込んで、頷(うなず)くのみに留(とど)める。宮廷魔法師の取った行動はフォラナーダを侮辱するに等しいが、ここで文句を言っても不毛だ。

額に片手を当て、大きく溜息を吐く。それから、相手の思惑を考える。

「こちらの準備を整えさせないのが狙いか」

「その線が濃厚でしょう」

「私も同感です」

熟考の末、オレは呟いた。セワスチャンとシオンも同意を示す。

子守りにも等しい魔法教師なんて仕事なのに、王宮側が宮廷魔法師というエリートを派遣した理由。それはフォラナーダの内情を探るためだと、元から察してはいた。シオンというスパイを潜ませているが、重要地に複数の潜伏者を送り込むのは、諜報の常套手段だからな。

そして、スパイという性質を考慮すると、今回の電撃来訪は、こちらに隠しごとをさせないための策略だと推察できる。通例に従っては、準備と称して多くを隠蔽されると踏んだんだろう。

シンプルながら、実に良い作戦だ。まさか、王宮側の使者が、このような無礼を働くとは思うまい。向こうの思惑通り、フォラナーダの準備は一部が途上だった。

一応、不意を突かれても大丈夫なように対策は講じてあるけど、一つだけマズイ問題が存在した。

その問題について、オレはセワスチャンに尋ねる。

「当主不在をどう誤魔化した？」

「領地内の査察だと説明いたしました」

「それしかないか」

そう。このフォラナーダ城には、表向きの当主たる伯爵――我が父が住んでいないんだ。

というのも、現世の父母であるフォラナーダ夫妻には、オレが実権を握る際に、領内の保養地にて蟄居(ちっきょ)していただいている。

まぁ、蟄居と表現したものの、二人は仕事から解放されて喜んでいるうえ、実権を奪われているとも思っていないが。脳内がお花畑すぎて笑えない。

要するに、オレの領地運営の邪魔なので引っ越してもらったわけだが、長期滞在の来客が来た場合は困る。当主が城に不在なのは、とても不自然なことだもの。

短期滞在程度なら、セワスチャンの使った言いわけで押し通せるが、今回は通用しない。いつか面会させないと、フォラナーダの実情が露呈してしまう。

「どうしたもんかねぇ」

「〝分身〟を作成するのは如何(いかが)でしょう」

シオンが意見を口にする。

分身とは、過去にオレとシオンが合作した魔法だ。魔力塊に精神魔法で疑似魂を植えつけ、【偽装】で外見をカモフラージュするというもの。接触さえしなければ、ほぼバレることのない代物だった。

オレは首を横に振る。

「ダメだ。貴族同士の挨拶となれば、絶対に握手はする。そもそも、オレは父上の精神構造を知らない。分身を作る以前の問題だ」

性格や習性をよく知る人物なら疑似魂を作成できるが、それ以外は難しい。実の両親の性格を把握していないというのも変だけど、フォラナーダ夫妻とは全然関わっていないんだから仕方ない。

一応、精神のコピペも可能ではあるが、それを行うくらいなら、直接呼び出した方が早いだろう。

説明を終えると、シオンは眉間にシワを寄せ、むむぅと唸った。

「それでは、魔法関係で誤魔化すのは難しいですね」

おそらく、精神魔法を主軸とした提案をいくつか考えていたんだと思う。オレが伯爵の精神を把握していないと知った時点で、すべてボツになったようだ。

ちなみに、『精神魔法で宮廷魔法師の認識を直接いじる』という方法は、最初から候補にも入らない。命の危機が差し迫っているならまだしも、この段階で他人の精神を思い切り改竄するなんて無理だ。外道すぎて、カロンたちに顔向けできなくなる。

それからいくつか提案はあったものの、決定打となる策は上がらなかった。

「もはや、伯爵さまをお呼びになる以外、方法はありませんね」

セワスチャンが溢す。

彼の言う通りだった。下手に策を弄するくらいなら、本人を連れてきた方が手っ取り早かった。

だけどなぁ……。

「胃が痛くなってきた」

キリキリし始めたお腹を押さえ、思わず弱音を吐いてしまう。

伯爵は本当にどうしようもなく無能なヒトのため、フォローに駆け回る未来が簡単に想像できる。とても鬱屈した気分だ。

それを見た部下二人は、心中お察ししますという表情を浮かべた。

オレは溜息を吐き、続ける。

「とはいえ、良い代案もないか。すぐに魔道具で連絡を取れ。翌朝……だと絶対に準備できないな。二日後にオレが迎えに行く」

「承知いたしました」

「承知いたしました。ですが、よろしいのですか？【位相連結】をお使いになるのですよね？」

セワスチャンは素直に首肯し、シオンは頷いた後、心配そうに尋ねてくる。

気持ちは分かる。あの魔法を見せてはいけない類の人間が、まさに伯爵だ。

だが、心配には及ばない。

「馬車による高速移動だと偽るから大丈夫」

「そのような嘘に騙されますか？」

「普通は無理だが、父上なら可能だ」

他の者なら絶対に騙されない嘘でも、あのボンクラ伯爵なら問題ない。

オレの散々な言いようにシオンとセワスチャンは頬を引きつらせているけど、あのヒトはそれくらいヤバいんだって。キミらも、同感だから作戦を却下しないんだろう？

こうして、今後の方針が定まる。

宮廷魔法師との面会は二日後の昼。それまでに、何に突っ込まれても良いように準備を整えよう。

○●○●○

時間がすぎるのは早い。二日という準備期間はあっという間に消費され、ついに宮廷魔法師との面談の日がやってきた。

伯爵（父）は、すでに回収済みである。今朝、陽（ひ）も上がらぬうちに【位相連結（ゲート）】を使って連れてきた。

眠っている間に済ませたので、魔法のことはバレていない。

また、予想通り、馬車云々（うんぬん）の嘘で誤魔化せた。無能の極みではあるが、こういう扱いやすいところは楽で良いと思う。

そして現在。オレは伯爵と二人きりで対面している。彼が久しぶりに息子と話したいと願ったためだ。宮廷魔法師との面談前に顔を合わせておきたかったので、こちらとしてもタイミングが良い。

ちなみに、カロンとの対話も望んでいたけど、カロン本人が拒絶したゆえに、そちらは先送りとなっている。彼女は、実の両親に良い感情は抱いていないらしい。当然だとは思う。

今は伯爵の機嫌を損ねたくないから、スケジュールが合わなかったと言いわけしてある。二人の対話が実現するかは……未知数だな。

場所は伯爵の私室。相変わらず趣味の悪い内装だ。ゴテゴテした装飾品が数多く輝き、彼の趣味であろう代物――釣り竿(ざお)やチェス盤、チェロに似た楽器などなど――が統一感なく並んでいる。

数年間も主が不在だったけど、清潔感は失われていない。使用人たちは掃除を欠かさず行ってくれていた模様。その仕事振りに称賛を送りたい。

さて、現実逃避をしていないで、いい加減に目前の伯爵へ目を向けよう。

この世の贅沢(ぜいたく)の限りを尽くしていそうな、ふくよかな中年男性。彼こそ、我が父ドラマガル・ヴァンセッド・サン・フォラナーダ伯爵だ。三十半ばにして海老色(えびいろ)の髪はほぼ全滅しており、室内は適温にもかかわらず額に汗を滲(にじ)ませている。

この様子を見るに、保養地でも暴飲暴食の毎日なんだろう。同じ城で過ごしていた頃と生活リズムが変化していないのは一目瞭然だった。

伯爵は、角砂糖を山のように入れた紅茶を一息で飲み干し、オレに声を掛けてくる。

「久しいな、我が息子よ。健やかに育っているようで何よりだよ」

一見、人が好さそうな笑顔を向けてくる伯爵。丸い体型と相まって、温和な性格に思える。

だが、勘違いしてはいけない。彼は激怒こそしないものの、〝人が好い〟なんてことは一切ないんだから。

瞳の奥を窺えば分かる。伯爵はオレと会話しつつも、オレに微塵も興味を抱いていない。彼の考えは一つ。『〝息子の成長に感動している父親〟を演じている自分は偉い』だ。

ドラマガルという人物はナルシストである。自分と妻しか真に愛していない。その他へ向ける慈悲や愛情は、自分を素晴らしく見せるためのポーズにすぎず、自分を良く魅せるためなら伯爵領の利益をも度外視する。そういう貴族にあるまじき人間だった。

まぁ、他者への興味が薄いから無属性のオレでも伸び伸びと暮らせたうえ、オレが伯爵領の実権を握っても気がついていないんだ。その点に文句はあまりない。

ただ、領主や父親として失格なのには変わりなく、『このヒトがもう少ししっかりしていれば、カロンの死の運命は存在しなかったのではないか』と考えなくもないが。

久々に顔を合わせたせいで、ふつふつと愚痴の数々がこぼれそうになる。それを必死に我慢して、オレは伯爵に言葉を返した。

「お久しぶりです、父上。お陰さまで、カロンともども無病息災に過ごしております」

「カロン……ああ、カロラインか。彼女と話せないのは残念だ。光魔法を発現させたのだろう？

ぜひとも、優秀な我が娘と談笑したかった」

「申しわけございません。彼女は今や時のヒトですので、今回はスケジュールの都合がつきませんでした」

「うむ。教会の助力に出ているのだったな。それならば仕方あるまい」

娘の愛称くらい覚えておけやコラァと内心で思いながらも、笑顔の仮面をかぶって対応する。少し殺気が漏れてしまったが、鈍感な伯爵は気に留めていなかった。セーフ。

その後もオレの神経を逆撫でする伯爵と雑談を交わし、三十分経過してようやく本題に移れた。

「父上。今回、わざわざお越しいただいた件なのですが」

「分かっている。魔法の先生との面会だろう？　何でも、宮廷魔法師に来ていただけたとか」

「はい。カロンの名声が想像よりも高まった影響で、普通の教師は仕事を引き受けてくださらなかったのです。ほとほと困っていたところ、王宮から打診がございました」

「そうか。我が娘の成長は喜ばしいが、そのような厄介ごとも舞い込んでいたか。王宮には感謝しなくてはな」

「……そうですね」

感謝なんてあり得ねーだろ！　と思いつつも、一切表には出さない。

貴族の情勢にも興味がない伯爵は、王宮側の思惑を読もうともしていなかった。こんな体たらくで、よくも今までフォラナーダが潰れなかったなと感心する。

実際は、部下たちが優秀だっただけなんだけどさ。本当に、彼らには感謝の念が堪えないよ。オレが引き継ぐまで、よく伯爵領を維持してくれた。

「面会といっても、相手の身元は保証されています。多少雑談をして終わりとなるでしょう」

本来なら人柄を見極めたりするんだが、今回は王宮の推薦のため、その辺りの審査は必要ない。というより、やること自体が失礼だ。あちらの見る目を疑うわけだからな。こういう面倒なしがらみがなければ、遠慮なく叩き出しているのに。

オレから段取りを聞いた伯爵は、鷹揚に頷く。

「そうか、そうか。難しく考えなくて良いのは気が楽だ」

「……それは良かったです。面会時間は昼餉後の予定です。カロンもオルカも多忙の合間を縫って同席いたしますので、よろしくお願いいたします」

「カロラインも同席するのか。多少の時間を貰えないのだろうか？」

「難しいです。彼女は午後も教会での仕事がございますので」

「それは残念だ」

引きつりそうになる頬を抑え、必要事項を淡々と伝えていく。

というか、伯爵はどれだけカロンと話したいんだか。どうせ、名声を手に入れた彼女と仲良くしておきたいとか、そんな下らない理由だとは思うけど。

ちなみに、オルカの名前にまるで反応しないのは想定通りだった。原作とは異なり、オルカの養子縁組に伯爵は関与していないから、彼に興味は向かないんだろう。

「時間ですね。私も面会に向けた準備がございますので、そろそろ失礼いたします」

「もう時間か。やや物足りない気もするが、宮廷魔法師殿に無礼があったら事だ。下がって良い」

「はい、失礼いたします」

オレは慇懃な態度で一礼し、伯爵の私室から外へ出る。

部屋の外にはシオンが待機しており、無言で廊下を歩くオレに続いた。

歩くことしばらく、オレは大きな溜息を吐く。それを見たシオンは、労い(ねぎら)の言葉をかけてくれた。

「お疲れさまでした、ゼクスさま」

「本当に疲れたよ。あのヒトと話すのは、いつも胃に負担がかかる」

何度、立場を忘れてツッコミを入れそうになったか。受け答えがトンチンカンすぎるんだよ。

再度溜息を吐きつつ、オレは対話中ずっと手にしていた紙束をシオンへ渡す。

「必要なくなったから、処分しておいてくれ」

「これは?」

「今日面会する宮廷魔法師のプロフィール」

「えっ」

オレの答えに、シオンは固まった。

よーく理解できるよ、その反応。オレも同じ心境だ。

面会で審査を行わないとはいえ、相手の身辺を調査しないわけではない。王宮側に悟られないよう気をつける必要はあったが、宮廷魔法師の略歴程度は分かった。

今シオンに渡したのはコピーで、本当は伯爵へ手渡すはずだったもの。いくら彼でも、面会相手の情報を求めると考えたため、用意していたんだ。

ところが、結果はまったくのノータッチ。そんなバカなと驚いてしまったせいで、完全に譲渡する機会を逸してしまったわけである。

「あのヒトの無能っぷりを侮ってた。これは面会でも気を引き締めないといけないな」

「……他の者とも、情報を共有しておきます」

「そうしてくれ。オレはこのまま自室に戻るよ」

苦笑しながら言うと、シオンは真顔で返した。その後、彼女は情報共有のために去っていく。

味方側に立つ伯爵が今回の最大の懸念なので、連携を密にしなくてはならない。安易な口約束やウッカリ発言は回避したいんだ。

オレは歩みを再開しつつ願う。宮廷魔法師との面会を、どうか無事に終わらせてくださいと。

○●○●○

お昼すぎ、面会の時間となった。すでに件の宮廷魔法師は応接室で待機しており、その部屋の前にはオレたち三兄妹とシオンが揃っている。

「あのヒトは、約束の時間さえも守れないのですか」

カロンが眉根を寄せた険しい表情で、そう口にした。

〝あのヒト〟とは、伯爵を指している。カロンが他人を悪く語るのは非常に珍しいことだった。

オルカとシオンは、些か驚いた表情で彼女を見ている。

オレだけは『然もありなん』と息を吐いた。伯爵との対話を拒否した経緯から察してはいたが、カロンは幼少期の育児放棄を未だ根に持っているらしい。たぶん、親の責務を投げ出したとでも考えているんだろう。

実際、反論の余地もない事実なので、彼女の憤りは正当なものだ。だから、その怒りが良くない方向に進まない限り、とやかく指摘するつもりはない。

とはいえ、現状は看過できなかった。

「カロン」

「ッ!?　申しわけございません、お兄さまッ」

オレが名前を呼ぶと、カロンは肩を震わせて謝罪してきた。

……いや、まだ何も言っていないんだけど、何を注意しようとしたのか理解しているのか？

その辺りを問い質（ただ）すと、彼女はコクコクと首を縦に振った。

「も、もちろんです。お客さまが近くにおられる状況で、今のは失言でした。気をつけます」

「反省してるなら構わないよ」

心配はいらなかったようだ。ちゃんと自分で気づけたのなら、必要以上の説教はいらない。

しかし、前から感じていたんだけど、カロンもオルカも、オレが説教する雰囲気を敏感に察知しているみたいだ。注意の意図をもって声を掛けた時だけ、二人は必ず挙動不審になる。

そんなにオレって怖いのかな？　怒鳴っているわけでも、笑顔で威圧しているわけでもない。ダメな点を分かりやすく説明することが大半なんだが。

少し説教の仕方を見直すべきかな、なんて考えていると、ようやく待ち人が姿を現した。

「ふむ、全員揃っているようだな。感心感心」

一同を見渡して、満足そうに頷く伯爵。

遅刻してきた人間が口にする言葉ではないと思うが、落ち着けカロン。そんな鋭い眼光を彼に向けてはいかんよ。キミは今やレベル37なんだから、一般人相当の伯爵は気絶しかねない。

幸い、伯爵は視線に気づいていない。その隙に、彼女を落ち着かせるよう背中を優しく叩いた。

オレの忠告を聞き入れる理性は残っていたようで、カロンは小さく息を吐いて目を伏せた。

彼女の伯爵嫌いは想定以上だと嘆息しつつ、オレは伯爵へ声を掛ける。このまま放置すると、彼は余計なセリフを吐きそうだったから。

「父上。時間をすぎていますし、中へ入りましょう」

「そうだな。先方を待たせるのは失礼にあたるか」

「……」

どうどう。気持ちは分かるし、愚痴はあとで聞くから、今は大人しくしてくれよ、カロン。

「ゼクス兄(にい)」

伯爵が部屋に入ろうとしている時、背後についたオルカが呟く。その声音は、呆(あき)れと不安が交じったものだった。

この短い期間で伯爵の人柄を摑(つか)めたんだろう。彼の心情は痛いほど理解できた。

オレは苦笑いを浮かべながら、大丈夫と短く返す。

オレに信頼を寄せてくれているオルカは、それだけで安心した風な表情になった。この信頼を裏切らないよう、頑張らなくてはいけないな。

気持ちを引き締め、先頭を行く伯爵の後に続く。

しかし、その決心を瞬時に吹き飛ばす衝撃的な光景が、応接室には存在した。

「お待たせして申しわけない。私がドラマガル・ヴァンセッド・サン・フォラナーダ伯爵だ」

「いえいえ。こちらこそ、私のためにお時間をいただき、感謝いたします。私はカーティス・フォルテス・ユ・タン・サウェードと申します。サウェード子爵家の長男にして、宮廷魔法師の末席を汚す若輩者です。本日は、よろしくお願いします」

「うむ、よろしく頼む」

伯爵と笑顔で握手を交わす、宮廷魔法師を名乗る者。それを認めたオレは、警戒を最大まで引き上げざるを得なかった。

何故なら、奴はほぼ全身を【偽装】で固めていたからだ。

カーティス・フォルテス・ユ・タン・サウェード、二十歳。サウェード子爵家の嫡男で、学園を卒業と同時に宮廷魔法師を拝命した天才。魔法の才だけではなく、その他の方面でも優秀な成績を残しており、現役魔法師の中では一番の有望株だと名高い男。

容姿も整っている。青磁色の髪と赭色の瞳の、生真面目そうな雰囲気をまとうクール系のイケメンだ。コミュニケーション能力の高さも相まって、同僚からも好かれているらしい。

これらは事前調査で集められた情報だった。調査書にも、非の打ち所がない好青年だと総評されている。ゆえに、領城の皆はまともそうな人材が派遣されると安心していた。

だが、オレは違った。知っていたんだ、これが表の顔にすぎないことを。

カーティスは、原作の聖女サイド——第二王子ルートにて登場する敵役だった。

実のところ、彼は極端な実力主義思想の持ち主なんだ。王城に務めるようなエリートには人当たりが良いんだが、少しでも格下の人物には冷徹な顔を見せる。それは苛烈な虐待を行うほどだ。

最悪の人選だった。王宮側は顔の良さと魔法の腕、そしてカロンとの歳の近さに重きを置いて選んだんだろうけど、よくもまぁ、こんな唾棄すべき人物を選んだものだ。

せっかく他者を慈しむ優しい子に育ったのに、カーティスなんてクソ野郎と関わったら妙な影響を受けてしまうかもしれない。それだけは回避せねばならなかった。

王宮の推薦した教師がカーティスだと判明してから、彼が着任する今日までの間、色々と手を回した。授業以外の時間は接触機会を持たないようスケジュールを組んだり、決して彼らを二人きりにしないよう使用人たちに厳命したり、万が一に備えてカーティスの悪行の証拠を集めたり。とにかく、徹底して準備を進めた。

そうして、万全の状態で彼を迎え入れたと確信していた。

だのに、実際に訪れたのは、髪と瞳以外を【偽装】で固めた不審者だった。こんな不意打ちがあるだろうか？　完全に、オレの想定を超えた事態だった。

ただ、目前の人物を偽者だとは断じられない。何せ、この世界で【偽装】を見破れる人物は少ないんだ。【魔力視】などの魔法を用いるか、種族的に魔力を目視できなくては看破できない。

だから、オレが冒険者シスに化けているように、カーティスが最初から【偽装】込みの存在である可能性は否定できなかった。

少なくとも、教師の任を受けたのは、目の前の人物で間違いない。彼が領城到着時に提示した推薦状は魔道具の一種。登録した魔力以外を流すと、文面が消える仕組みになっている。道中での入れ替わりは不可能だろう。

……こんなことなら、事前にオレだけでも面会しておけば良かった。

後悔先に立たず。下手に怪しまれないため、カーティスとの接触を控えていたことが裏目に出てしまった。前もって【偽装】の件を知っていれば、別の準備を整えられたというのに。

とはいえ、起きてしまったものは仕方がない。反省は後。今は、今できる最善を選ぶしかない。

オレは、オレと同様に驚愕(きょうがく)しているカロン、オルカ、シオンへ目配せし、落ち着けと合図する。精神魔法の方が手っ取り早いが、何かしら察知される危険もあったので、使用は控えた。

少し時間はかかったが、何とか三人は気を取り直す。多少不自然だったかもしれないが、まだ言いわけの利く範疇(はんちゅう)だと思う。

シオン以外の各々が自己紹介を終え、ソファに座る。伯爵とカーティスが対面に座り、伯爵の隣にオレ、カロン、オルカの順で着席した。

当たり障りのない雑談から始め、いくらか時間を費やしたところで、本題である魔法の授業に関する話に突入する。

「授業の内容を決めたいので、いくつか質問をさせてください」

「「はい」」

オレたち三人が返事をしたのを認め、カーティスは続ける。

「まずは、ご自身の放てる最大火力の魔法を教えてください」

「中級火魔法の【爆炎】です」

「中級土魔法の【ストーンスパイク】です」

「無属性なので、火力のある魔法は扱えません」

カロン、オルカ、オレの順番で答える。当然ながら、内容は嘘っぱちだ。オレは例外として、カロンやオルカはすでに上級魔法を二、三個マスターしている。

「カロンさんは光魔法を発現させたらしいですが、現状ではいくつの魔法を扱えますか？」

「【光球】、【治癒（ヒール）】、【体力増強（タフネス）】、【広域治癒（エリアヒール）】の四つです」

「なるほど」

これも嘘。四つどころか、その三倍以上の魔法を覚えている。

その後もカロンとオルカは質問を受けたが、すべて本来より低く申告した。ちなみに、オレへの質問は一切なかった。ついでに、視線もまったく合わなかった。

ここまでの様子を見ると、オレの知るカーティスそのものに思える。まぁ、スパイする気なら、まずは信用を勝ち得るために、真面目に働くだろうが。

【偽装】の件を除けば、これといって波乱を生むことなく面会は終了した。オレたちは伯爵やカーティスと別れ、今後のスケジュールに沿って行動を開始する。

一応、弟妹たちにはカーティスとの接触を避けるよう念を押しておく。

カーティスに関する新たな問題が浮上してしまった。当分は、彼の調査で忙しくなりそうだ。

オレは内心で溜息を吐きつつ、執務室へ急ぐのだった。

面会から数日間は、日常業務に加えて伯爵を保有地に帰したり、カーティスを調査したりで多忙を極めていた。
本当に疲れた。特に、伯爵の突拍子もない行動には振り回されっぱなしで、心臓がいくつあっても足りないくらいだった。色々と協力してくれた部下たちには、特別手当てを出そう。通常の給与では割に合わないと思う、あれは。
何はともあれ、領城には平穏が戻ってきた。カーティスの問題は残っているものの、昨日までの慌ただしさは落ち着いた。

――と思ったんだが、

「シオンの様子がおかしい？」

「はい、お兄さま」

カロンと二人きりのお茶会を開いていた際、愛しの妹がシオンの異変について訴えてきたんだ。

「時折仕出かすドジを除けば、シオンは真面目に仕事をこなすメイドです。しかし、最近は職務中にもかかわらず、ボーッとしていることが増えたように感じるのです」

「なるほどね」

彼女の感覚は正しいと思う。オレも、この頃のシオンは集中力を欠いている気がしていた。仕事自体はきちんと片づけていたため、気のせいだと考えていたんだが、カロンも同意見なら間違いないだろう。

シオンの異変には心当たりがある。タイミング的に、カーティスが関係していると見て良い。スパイ同士、何らかの接触があったと考えるのが妥当だけど、他にも気掛かりがあった。

それはカーティスの使用していた【偽装】だ。オレも使うあれは、元々シオンが扱っていた魔法。エルフが独自に開発したものである。つまり、カーティスの正体は、エルフである可能性が非常に高い。

同じスパイであり、同種族でもある。二人の間に、何かしらの確執があっても不思議ではない。

さすがに、詳細までは分からないが。

　カロンは沈痛な面持ちで語る。

「シオンが何か悩んでいるのではないかと、私は心配でなりません。ふとした拍子に無茶を仕出かしそうで怖いです」

「シオンの力になりたいのか？」

「はい！」

　オレの問いに、彼女は力強く頷いた。

　――が、すぐに表情が陰る。

「ですが、残念ながら今の私は子ども。何の役にも立てないでしょう。本当に不甲斐ないです」

　普通の子どもは、己の力不足を簡単には認められない。現実を受け入れているだけ、カロンは立派だと思う。

　とはいえ、これを伝えても、何の慰めにもならないだろう。彼女が求めているのは、シオンの助けになる力なんだから。

　一連の会話から、カロンがシオンを大切に想っていることが強く感じられた。『どうにかして助けてあげたい』と、心の底から願っていると理解できた。

　オレは頬を緩める。

「カロンは、シオンのことが好きなんだな」

「当然です。物心ついた頃から、ずっと一緒にすごしていますからね。……他人の耳がある場所でこう申し上げるのは控えた方が良いのでしょうが、私はシオンのことを家族だと思っています。姉のように感じています。だから、好きですよ。……あっ、無論、お兄さまへの愛には劣りますが」

「ふふっ、そっか」

最後に付け加えたセリフは、実にカロンらしい。そして、彼女の愛が伝わってきた。

言われてみると、シオンとの付き合いは長い。彼女がオレ付きのメイドになったのは五年前、カロンが二歳だった時期だ。カロンの人生の七割以上を占めている。それほど多くの時間をともにすごしたら、家族と認識しても当然だった。無論、二人がきちんと向き合ってきたからこその関係だけどね。

カロンと周りの繋がりが増え、太くなっていくことは、とても喜ばしい。オレを構ってくれる時間が減るのは若干寂しいが、それ以上に彼女の成長が嬉しかった。これからも〝大切〟を増やし、その分だけ優しさを育める子に育ってほしいと思う。

カロンの金色の髪を、オレは柔らかい手つきで撫でる。

「分かった。オレもシオンのことは気にかけておく。だから、そんな悲しそうな顔はしないでくれ。カロンは笑ってる方がステキだから」

「お兄さま……」

僅かに不安で瞳を揺らすカロン。

だが、三秒と置かずに、彼女は笑みを浮かべた。

「お兄さまがそう仰るのでしたら、何の憂いもありません。ですが、私の力が必要な際は、何卒お申しつけください。どのようなことでも協力いたしますので！」

「ありがとう。心強いよ」

陽だまりの如き温かさを湛えた笑顔。それを見ているだけで、オレの心はやる気に満ち溢れるのだった。

○●○●○

カロンとのお茶会が終わり、オルカと合流した後。オレたちは最近拡張した訓練場の一画に足を運んでいた。これから、ようやく魔法の授業が開始されるんだ。

程なくして、教師であるカーティスが顔を見せる。先日と変わらず、全身に【偽装】をまとって。

彼は居住まいを正し、到着早々に口を開いた。

「これより魔法の講義を始めます。カロラインさん、オルカさん、よろしくお願いしますね」

「「……よろしくお願いします」」

ナチュラルにオレの名を省いたせいで、二人は無視を決め込もうとしていた。オレが視線で促したものの、カーティスは空気を読む技術を磨いてほしい。弟妹たちがオレを慕っていることは、事前の調査で把握できているだろうに。信用を得るつもりあるのか、こいつ。

スパイにしては自己主張が強すぎないか？　そう疑念を抱きつつ、オレはカーティスの講義に耳を傾ける。

何だかんだ言って、宮廷魔法師を拝命するほどのエリートが、どうやって魔法を教えるのか興味があったんだ。無属性という枷(かせ)を抱えているせいで、オレの魔法習得は試行錯誤を繰り返す独学だった。オレは無理でも、カロンたちは何か得るものがあるかもしれない。

カーティスは重くなった場の空気を気にも留めず、早速語り始めた。

「すでに中級まで扱えるお二人はご存じかと思いますが、魔法とは【吸収(アブソーブ)】、【変換(カラーリング)】、【設計(デザイン)】、【放出(リリース)】、【現出(クリエイト)】の五工程をこなして発現する術理を指します。【現出(クリエイト)】をせずに魔法を名乗る不届きな代物もございますが、正確にはアレを魔法とは呼称いたしません」

……言っていることは正しいんだけど、真面目に空気を読めと物申したい。彼がオレの魔法適性を貶(けな)すから、ただでさえ重苦しかった空気が、よりいっそう張りつめてしまった。オレが抑えていなかったら、二人は今頃攻撃を仕掛けているぞ。勘弁してほしい。

やはりと言うべきか、カーティスは一切気にする様子なく続ける。

「【吸収（アブソーブ）】、【変換（カラーリング）】、【放出（リリース）】、【現出（クリエイト）】は、生まれながら身についている技術ゆえに、特別説明することはありません。魔法において重要なのは【設計（デザイン）】です。発動したい魔法を、どれだけ詳細にイメージできるか。これが魔法の完成度に直結します」

「「「……」」」

オレは、眉根を寄せそうになるのを必死に堪（こら）えた。おそらく、他の二人も同様だろう。

確かに、魔法における最重要項目は【設計（デザイン）】だ。ヒトが意識せずとも歩けるように、【吸収（アブソーブ）】、【変換（カラーリング）】、【放出（リリース）】、【現出（クリエイト）】の四工程は修練せずとも扱える。

しかし、だからといって、他の四工程を蔑（ないがし）ろにして良いわけではない。『キレイに見せる歩き方』や『体力の消耗を抑える歩き方』が存在するのと同様、技量を向上させる余地はあるんだから。

とはいえ、世間一般も、カーティスと同じ見解なんだよなぁ。どういうわけか、オレの独学と乖（かい）離（り）しているんだよ。何が原因だろうか？

もしかすると、【設計（デザイン）】以外の技術力向上は、魔法の完成度に目に見える影響をもたらさないからか？　最初は〝優先度が低い〟という評価だったのに、時代とともに〝必要ない〟に変わってしまった可能性はないだろうか？

オレが横道に逸（そ）れた思考を巡らせている間も、カーティスは説明を続けている。

「つまり、魔法は何よりもイメージが大切というわけです。よって、座学は程々に、実技を主体にお教えしていきます。私は光と闇以外の四属性が扱えますので、存分に私の発動する魔法を観察してくださいね」

彼は自信満々に締めくくった。

対して、オレたちは微妙な表情を浮かべている。

一般的な魔法訓練が見取り稽古を主体とするのは知っていたけど、あまりにも簡潔な説明に呆れてしまったんだ。先の五工程の重要性も含め、さして特別なことは語っていない。宮廷魔法師が教師を務めると聞いて、些か期待しすぎていたようだ。

ちなみに、オレたち三人が行っている訓練は、座学と瞑想（めいそう）が八割を占める。座学によって自然法則の知識を身につけてイメージを補完し、瞑想によって【設計（デザイン）】と【現出（クリエイト）】以外の効率向上を図る。

これが、オレが独自の研究で見出（みいだ）した合理的な魔法訓練の内容だった。

まさに対極である。オレの訓練が理論で攻めるのに対し、一般的な訓練は感覚に訴えるものだ。

どちらが最善なのかは……ヒトに依（よ）るのかねぇ。座学が苦手な者なら、一般論の方が効果的だろう。ただ、多くのニーズに応えられるのは、オレの方な気はする。少なくとも、オレたち三人は理論武装が肌に合っていた。

呆然（ぼうぜん）とするオレらを置き去りにし、カーティスは見取り稽古を開始してしまう。

「まずは中級火魔法からお見せしましょう。【フレアランス】！」

発動句を唱えると同時。彼の掲げた手の先に、長さ三メートルほどの炎槍（えんそう）が生まれる。轟々（ごうごう）と燃え盛るそれは、宙に待機しているだけでも、周囲の芝を焦がしていた。

宮廷魔法師を拝命しているだけあって、淀みない魔力操作だ。発動はそこそこ速いし、威力もそれなりに強い。

だが――

「……お兄さま」

「ゼクス兄」

「分かってるよ」

カロンとオルカの憐れみを含んだ声に、オレは即座に首を横に振った。

二人の言いたいことは理解している。『えっ、彼の【フレアランス】、弱すぎ』である。

表現こそ遊んだが、内容はガチだ。カーティスの放った魔法は、カロンの同魔法よりも僅かばかり上という程度。天下の宮廷魔法師が、七歳児とほぼ同レベルなんだ。

オレとしては、然もありなんという感想を抱いている。原作知識と照合して、ある程度カーティス――宮廷魔法師の実力の目安はついていた。この世界の魔法師にとってカーティスは相当な実力者であり、現時点で彼と同格のカロンやオルカが異常なんだ。【鑑定】にも、カーティスのレベルはカロンたちの一つ上と表示されているし。

これも、オレが課している修行の成果だった。オレほど無茶はさせていないけど、二人にはハイレベルの訓練を受けさせている。元の才能も相まって、魔法の腕が抜きん出るのは当然だった。

カロンとオルカが驚いているのは、その辺りの実力差を伝えていないから。下手に教えて調子に乗られては困るので、秘密にしていたんだよ。ほとんど万が一に備えたものだったけども。

オレたちが視線で会話を交わしている間に、カーティスは中級土魔法の実演も行っていた。こちらも、先の火魔法とドッコイドッコイだった。

「さぁ、次はキミたちの番だ。私の見せた魔法をイメージし、発動してみてくれ。……ああ、キミは無属性だから見学だ。本物の魔法を間近で目撃できること、ありがたく思うがいい」

オレへ嘲笑交じりの発言をするカーティスだったが、その姿は酷く滑稽に映った。その阿呆さを本人が自覚していないのを、幸いと言って良いのか悩ましいところ。

まぁ、お陰でカロンたちの憤懣も収まったので、良しとしよう。

それから、カロンとオルカは良い具合に手加減し、これといった騒動なく初回の授業は終わった。

残念ながら学べる知識はなかったけど、強さにおけるオレたちの立ち位置を、カロンたちが認識できたのは収穫だったと思う。

魔法の授業が始まってから一ヶ月が経過した。季節は冬へと移り変わり、今年も残ること二ヶ月となる。あと半月もすれば、領内の寒い地域では初雪も観測できるだろう。

オレは、いつも通り執務をこなしていた。せかせかと筆を動かす。

ただ、頭の中では別のこと――カーティスについて考えていた。

ちなみに、仕事の方は問題ないぞ。精神魔法の【多重思考】によって並列して物事を思案できるんだ。

閑話休題。

学ぶことはなく、教師から邪険にされるとしても、授業には欠かさず参加していた。彼がカロンたちに何を吹き込むか分かったものではないし、煽（あお）りに耐え兼ねた彼女たちが反撃してしまう不安もあったからだ。まぁ、どちらも念のためにすぎないけどね。二人が簡単にそそのかされるような子ではないことを、オレは知っている。

そんな心配をするくらいなら、カーティス自体をどうにかすれば良いのでは？　と思うかもしれない。しかし、それも難しいんだ。

何故なら、カーティスの後ろ盾が大きすぎる。ここでカーティスを糾弾すれば、聖王家ないし王宮派は必ず反撃してくる。あらゆる手を使って、ここぞとばかりに攻めてくるだろう。大騒動待ったなしである。

案外、カーティスの不遜な態度は、それを狙っている面もあるのかな。こちらから手を出させるのを待っている可能性も考え得る。

フォラナーダは強くなった。おそらく、今この場で王宮にケンカを売っても勝てるくらいに。

だが、その場合は辛勝だ。こちらの陣営も傷つくし、出る杭(くい)を打ちたい勢力が、横やりを入れてくるかもしれない。

オレはそれを許容しない。勝負するなら圧勝。カロンたちに一切の心配をかけず、部下たちを失わず、横やりも入れさせない。そんな完璧無比な結果をオレは求めている。

ゆえに、今は耐えるんだ。力を溜(た)め切るその日まで、敵に無能だと思い込ませ、密かに静かに暗躍を続けたい。

一方、カーティスの正体の調査に進展はない。あらゆる罠(わな)を仕掛けているんだが、馬脚をあらわす様子はなかった。

精神魔法も、まとっている【偽装】の魔力で弾(はじ)かれるため、効果が望めない。

そう。前々から模索していた精神魔法の防御方法は、魔力をまとうことだった。魔力は精神魔法を阻害するらしく、【偽装】や【身体強化】を全身に行使している者には、上手(うま)く作用しない。アカツキから教わった知識であり実証実験もしたから、まず間違いない。

ただ、絶対防御ではなかった。あくまで阻害するだけなので、シオンのように体の一部のみ【偽装】している場合は防げないし、全身を覆っていても彼我の実力差如何では突破されてしまう。

だから、ゴリ押しもできるんだけど、強引な突破は確実に相手に悟られる。仕掛けたのがバレたら、カーティスはすぐに逃亡すると予想できたため、試すわけにはいかなかった。

最悪の場合は実行するけど、最終手段である。事後処理が面倒くさいもの。

とはいえ、悠長に構えてもいられない。カーティスは魔法師としてはともかく、スパイの腕は達者らしい。こちらの情報は、徐々に切り崩されていた。まだ、オレたちの用意したダミーに引っかかっているだけだが、核心に迫るのも時間の問題と思われる。

正直焦るが、今のオレにやれることはない。情報戦に関しては部下に任せ、座して待つしかなかった。

「ん？」

今しがた手に取った書類。それに目を通したオレは顔を曇らせた。

こちらの異変を敏感に察したらしい。傍に控えていたシオンが首を傾げる。

「どうかなさいましたか？」

「いや……」

チラリと彼女を見て、言葉を濁すオレ。この書類の内容はシオンも無関係ではないんだが、はたして伝えるべきか否か、少し悩ましかった。

……って、迷うこともないか。これは秘匿情報ではない。今伝えずとも、遅かれ早かれシオンの耳に入る。この報告は、想定していた中でも最悪の展開だったが、こればかりは仕方ない。

オレは小さく息を吐いてから、彼女に問うた。

「一ヶ月ほど前、シオンにスリを働いた幼女がいただろう。覚えてるか？」

「えっと……はい。リバーシを考案したという少年に会いに行く前、城下町で出会った子ですよね？　たしか、果物をたくさん抱えていました」

一瞬キョトンとしたシオンだったが、思い出すのに時間はかからなかったよう。すらすらと過去の状況を述べる。

記憶力が良いのは素晴らしいんだが、今回はそれが良かったのやら悪かったのやら判断に迷う。

「ああ、合ってる。その幼女が、おそらくは死んだ」

「え!?」

「昨日、城下町を散策中だったカーティスの財布を盗み、その場で彼の手によって討たれたらしい。居合わせた民に加え、彼につけていた監視の証言もある。ガセの可能性は皆無だ」

――無礼討ち。平民が貴族を侮辱する発言ないし行動を取った場合、私的に罰を与えられる。封建国家ならではの法律だ。

まぁ、不当な理由で行えば貴族側が厳しい罰を受けるため、めったに起こらないんだけどね。今回はド真ん中のストレートすぎた。

「べ、別人の可能性はないのでしょうか？　報告書を読まれただけなのですよね。無礼討ちされた子が同一人物とは限らないのでは？」

寝耳に水といった表情を浮かべるシオンは、動揺を隠せていなかった。慌てた様子で、幼女が生きている可能性をかろうじて絞り出そうとする。

彼女の立場なら驚くのも無理はないか。あの幼女の言いわけを信じて——いや、信じようとしていたみたいだからな。

「確かに、討たれた幼女を実際に見たわけじゃない」

「なら——」

こちらの肯定に希望を見出すシオンだったが、オレはすかさず首を横に振った。

「カーティスに討たれた幼女は、果物がいっぱい入った袋を抱えていたらしい」

「え？」

「あの幼女と同じだな。しかも、『フォラナーダには珍しい浮浪者然とした格好をしていた』なんて情報もある。極めつけは、落とした果物に気を取られた隙に盗まれるという手口も同一だ」

薄汚れた幼女がありふれているのなら、似ているだけの人物とも考えられた。しかし、現状のフォラナーダでは、非常に珍しい特徴である。盗む過程も同じとなれば、別人だと疑う方が難しい。

「そんな……」

愕然(がくぜん)とするシオンに、オレは淡々と告げる。

「あの幼女はスリに手慣れてた。よほど回数をこなした証左だ。幼いうちから盗みを繰り返してきた者が、たった一度の失敗で足を洗うわけがないんだよ。盗みは悪いことだという認識が、信じられないほど薄いからね」

改心させたければ、法の裁きを受けさせ、徹底して『盗みイコール悪』を教え込むしかない。

「どうして教えてくださらなかったのですか……」

自分の過ちに直面し、頭が混乱しているんだろう。シオンには珍しい、感情的な物言いだった。

彼女を真っすぐ見つめる。

「それがシオンの選択だったからだ。もちろん、アドバイスを求められたら答えただろうけど、キミは自分の意思のみで決断した。オレはキミの意見を尊重したにすぎない」

「……」

シオンは沈黙する。

しかし、その表情は不貞腐れている感じではなく、厳しい現実を受け止めようとしているように、歯を食いしばっていた。

彼女にしばらく考える時間を与えた後、オレは再び口を開く。

「シオンの甘いところは嫌いじゃない。それに救われるヒトもいる。でも、無自覚に甘さを振り撒くのは、改善した方が良いとオレは思うよ」

オレたちが上手く付き合えているのは、シオンが甘い性格だからだ。もしも、彼女が甘くなければ、どこかのタイミングで殺し合うしかなくなっていたと思う。

だから、すべてを否定はしない。悪癖も、時には長所になるとオレは実感していた。

とはいえ、あくまで『時には』である。基本的にデメリットしかないのは変わらないため、彼女には自覚してほしかった。自身の弱い部分を。

シオンに親愛の情を抱いているのは、何もカロンだけではない。五年という歳月をともにすごせば、オレだって彼女に親近感を覚える。

ゆえに、このアドバイスは純粋な厚意だった。身内になりつつあるシオンの、明るい将来を願った助言だった。

こちらの発言に対し、再び沈黙する彼女。眉根を寄せ、深く深く思案を巡らせている様子。

今は放っておこう。子どもの戯言(たわごと)と切って捨てず、真っすぐ自分の欠点と向き合おうとしているんだ。部下の成長を静かに見守るのも、雇い主の役目だろう。

結局その日、シオンの眉間のシワがなくなることはなかった。

Interlude　姉のような（前）

×月×日

久しぶりの日記……などと申している場合ではありません。大事件です、お兄さまが朝帰りをなさいました。しかも、ボロボロのお姿で。

当然、私（わたくし）はとても狼狽（うろた）えました。不埒者（ふらちもの）にかどわかされ、あんなことやこんなことを……などと想像してしまい、本当に大混乱しておりました。

結局、そういったことはなかったようで安心しました。本当に安心しました。

お兄さま曰（いわ）く、凄腕（すごうで）の師匠を見つけられたらしく、今後も不定期に帰りが遅くなるそうです。

むむむ。お兄さまが強くなられるのは誇らしい限りですが、私（わたくし）とすごす時間が減ってしまうのはとても寂しいです。ワガママを申してご迷惑をおかけしたくないため、決して口にはしませんけれど。ここは我慢ですよ、カロライン。頑張って耐えなくてはいけません！

○月×日

お兄さまが領内の村へ査察に向かうそうです。

領都を出るのは初めて。はしたないと感じつつも、ワクワクしながら準備を始めました。

ですが、致命的な勘違いをしておりました。何と、私やオルカはお留守番だと仰るのです。僅かな騎士とシオンしか同行させないと。

お兄さまと離れ離れになるなど、我慢強さに定評のある私でも無理でした。それはもう、盛大にごねました。恥も外聞も捨てて、何とか私も同行させてほしいと粘りました。あれほどの醜態をさらしたのは、もしかしたら生まれて初めてではないでしょうか？

しかし、願いは叶いませんでした。お兄さまは私以上の頑固者だったのです。

ぐぬぬぬぬ。お兄さまのご命令とあれば、仕方ありません。引き際を誤ってお兄さまに嫌われては本末転倒。今回は諦めるとしましょう。

はぁ、お兄さまのいらっしゃらない数日間を、私は耐え切れるでしょうか？

○月△日

グッジョブです、村長さんと狩人さんたち。あなたたちが無謀な行いをしてくださったお陰で、お兄さまとの小旅行が実現しました。気合を入れて治療しますので、どうか安心してください！

……って、このような感情を抱くなど、光魔法師として失格ですね。お兄さまと一緒に過ごせることは嬉しいですが、誰かがケガして良いわけではありません。反省です。

この記述は消すべきなのでしょうが、戒めとして残しておきましょう。

○月◇日
本日は不愉快な一日でした。あのヒトと血が繋がっているかと思うと、本当に嫌になります。とはいえ、このような愚痴はこの日記に留めておきましょう。またお兄さまに叱責されては困りますから。

また、魔法の授業を担当するという宮廷魔法師の方――カーティス殿でしたか。不気味なお方でした。全身に【偽装】をまとっていらっしゃったのもそうですが、私を見る目が怖かったのです。

あれは、ヒトに向けて良いものではありません。『興味津々なのに、尊重を感じられない』とでも申しましょうか。酷く歪な感情を抱かれていることが分かりました。お兄さまも警戒するよう再三仰っているので、気を引き締めて臨みましょう。

あまり好ましくはありませんが、カーティス殿の傍にいるくらいなら、教会の愚か者どもの近くの方が安全かもしれません。

○月○日
最近、シオンのは元気がないように感じます。お兄さまにも相談いたしましたが、こちらも独自に行動した方が良いでしょう。家族の難事に、何もせず手をこまねいているのは性に合いません。

というわけで、シオンをお買い物に誘いました。もちろん、お兄さまに許可をいただいたうえで、です。

サプライズ気味に仕掛けた甲斐あって、シオンを連れ出すことに成功いたしました。彼女は若干疲れた様相を呈しておりましたが、これまでの思いつめた様子に比べたら、何倍もマシです。

お買い物自体は、とても楽しかったです。普段は商人さんを城に呼び寄せて購入するのですが、私としては自分の足で探す方が好みです。お洋服や小物など、たくさん買ってしまいました。

そうそう。お買い物の最中、たまたま私のお小遣いの話になったのですが、それを教えた際のシオンの反応はとても面白かったです。何せ『時給ですか？』と言ったんですもの。これを笑わずして、何を笑うのでしょう。

貴族の娘にしては少額なのは理解しております。ですが、その代わりに魔獣狩りや教会などの手伝いをすると、その分だけ金額が上がるルールなのですよね。お兄さまの教育方針と聞いております。当然、オルカも同様ですよ。

これを伝えたところ、シオンは心底驚いていました。

そこまで驚くことだったでしょうか？　お兄さまは、私に優しくとも甘くはありませんから、これくらいは普通だと思います。

このような感じで、今日は充実した一日をすごせました。シオンも幾許かリフレッシュできたようで、本当に良かったです。

私にとって、シオンは姉同然。困っている彼女を見捨てはしません。かつてお兄さまが仰った『仲の良い兄妹は支え合うもの』という言葉は、私の重大な指針となっているのですから。

今はまだ力不足かもしれませんが、何か助力できる時が来れば、私は必ず手を差し伸べるでしょう。それが私の理想なのです。

Section4　奴隷

カーティスの授業が始まってから二ヶ月が経った。授業は相変わらずの見取り稽古で、オレは軽んじられている。代わり映えのしない毎日が続いていた。

「そろそろ行くか」

執務室にて。仕事に一区切りをつけたオレは、今日の魔法の授業に向かおうとした。

すると、不意にノックが響いた。入室してきたのは諜報部隊の一人だった。

もしかして、カーティスの尻尾を摑んだのか？　そう期待してしまったが、別件の報告だった。

「例の少女を発見いたしました」

それは、一年前の内乱直後から捜索させていた人物だった。やや肩透かしを食らったけど、その報告も待望していたため、自然と安堵の息が漏れる。

「見つかったのか。で、どこにいた？　状態は？」

「聖王国南東部です。シャーグ子爵領を拠点にする、ホアカ奴隷商店にて発見いたしました。死んではおりませんが、相当痛めつけられ、衰弱しているようです」

「そうか……」

淀みない部下の返答を聞き、オレは肩の力を抜く。

衰弱しているのはいただけないが、生きているのであれば、十分間に合ったと評価できる。まぁ、諜報員のニュアンスからして、いつ死んでも不思議ではなさそうだ。早々に行動を移すべきだろう。

「今すぐ向かう。誰が近辺に潜んでいるのか教えろ」

「お、お待ちください。これから魔法の授業があるのでは？」

オレが即断すると、慌てた様子でシオンが口を挟んできた。

やや動揺した声色だったため、何ごとかと彼女の方を見る。

視線を向けられたシオンは、途端に目を泳がせた。

「い、いえ。ただでさえ立場の悪い授業ですから、一回でも欠席すると、次回以降の出席を拒絶されるのではないかと……」

何やら含みのある言い方だが、彼女の語る内容には一理あった。カーティスの性格的に、一度の欠席で「やる気のない奴は参加するな！」なんて言い出しそうな気がする。そうなると、オレは授業中にカロンたちの傍を離れなくてはいけない。

それは躊躇いを覚えるには十分な展開だ。しかし、今回ばかりは悩む余地などなかった。

「たとえ授業への参加を拒絶されるとしても、今回に限っては少女の方を優先する」

オレは、カロンたちがカーティス程度に体良く操られるなんて考えていない。言いつけ通り大人しく従うと信じている。怒りはしても、最後の一線は守るだろう。

今日まで弟妹たちに付き添っていたのは、保険にすぎなかった。自分が気を揉まないための行動であって、必須事項ではない。いわゆる自己満足である。

というか、オレ自身が見守らずとも、使用人の誰かを傍に待機させても良かった。

だから、一刻を争う方を優先する。

「……承知いたしました」

オレの意思を聞き、シオンは意気消沈して下がった。

うーん、やはり様子がおかしい。今までもカーティス関連で不自然な様子を見せていたけど、今日はいつも以上だ。いよいよカーティスに何か吹き込まれたか？

この一件が片づいたら、一対一で話し合うべきかもしれない。向こうが本格的に動き出したのなら、こちらも準備を整える必要がある。

そう頭の隅で考えながら、オレは【位相連結（ゲート）】を起動した。

シャーグ子爵領は行ったことがないうえ、魔力の届く範囲でもない。だが、現地にいる諜報部隊の者が、オレの魔力をマーキングした札を所持しているので、【位相連結（ゲート）】を開けるのである。

「同行者はいるか？」

「いえ。現地の者に一任しております」

「そうか。では、行ってくる」

「「「「いってらっしゃいませ、ゼクスさま！」」」」

出立を伝えると、今まで黙していた部下たちも含め、一斉に最敬礼が行われた。

オレは手を軽く上げて返事をしてから、虚空に開いた穴を潜った。

奴隷は、聖王国において法で認められた制度である。生死を除く、奴隷のすべての権利は主人の所有となる。その代わり、最低限の衣食住の保証や身の安全を守る義務、奴隷の行動に対する責任が主人に発生する。

分かりやすく表すと、『奴隷の権利は主人のものだけど、きちんと面倒を見ないと主人の責任になるからね』ということだ。ペットに似ているかもしれない。

前世の価値観では「甚だ人権を無視した悪法だ」と断じられるが、この奴隷制度にも一応の利点は存在する。借金のせいで死ぬ人間は出ないし、寒村にて口減らしで命落とす子どもも減る。まぁ、どう言い繕っても『人権を無視している』ことが最大の問題なわけだが、この国において合法であることは覚えておいてほしい。

そんな合法の奴隷は、大きく分けて三種類存在する。

一つは借金奴隷。借りたお金を返せず自身を担保にした奴隷だ。借金を返せば、奴隷から解放される。

一つは犯罪奴隷。重罪を犯した者が科せられる刑であり、たいていは過酷な労働場所――鉱山や開拓など――へ送られる。基本的に生涯奴隷だが、たまに恩赦で自由になれる場合がある。

最後は戦利奴隷。文字通り、戦で奪い取った奴隷だ。敵国の兵士や王族貴族が該当する。そして、これには内乱での敗戦貴族も当てはまった。

察しの良い者は気づいているだろうが、オレが捜索していた人物とは、オルカの実家が巻き込まれた内乱にて奴隷に落ちた、ガルバウダ伯爵派閥の令嬢である。彼女の安否次第で、将来的な聖王国の動乱を防げる可能性が高くなるんだ。

【位相連結(ゲート)】を潜る最中、オレは【偽装】を施して冒険者シスの姿に変わる。他領に赴くからには、伯爵子息のままでは色々と怪しまれてしまう。根無し草の冒険者が最適だった。

「お待ちしておりました」

辿(たど)り着いた先には部下が待機しており、こちらへ一礼してくる。

片手を振って頭を上げるよう合図を出しつつ、オレは部下に問うた。

「行けるか？」

現在地は狭い裏路地のようで、不気味な薄暗さとジトジトした空気が蔓延(まんえん)していた。【位相連結(ゲート)】が人目に露見しないよう、配慮したんだろう。

ゆえに、尋ねたんだ。すぐに奴隷商店へ向かえるかと。

部下は即答した。

「ご案内いたします」

先導を任せて路地を進む。転移先は近場だったようで、約五分で目的地に到着した。

ホアカ奴隷商店は中堅程度か。店舗の規模はそれほど大きくないものの、外観はキレイに整っている。業務内容は腐ったミカンみたいなところだが。

店を軽く見渡してから、オレは口を開く。

「ここから先は、オレ一人で行動する」

「しかし――」

「彼女の状態は知ってるんだろう？　なら、分かるはずだ」

「…………承知いたしました」

こちらの身を案じた部下は反論しようとするが、先んじて制す。オレが捜していた彼女の境遇を考えると、〝部下を引き連れる〟という行為は、あまり得策ではないんだ。

部下もそれを理解しており、渋々といった様子で承服した。

「周辺の警戒を頼む」

オレはそれだけ命じておき、悠然と奴隷商店の扉を開いた。

エントランスは普通の商店と変わらない。受付があり、その奥に仕切られた応接用のスペースが存在する。

受付に立っていたのは凡庸な容姿の男。彼はオレという来客を認めると、にこやかに声をかけてきた。

「いらっしゃいませ、ホアカ奴隷商店へようこそ。本日はどのようなご用件でお越しくださったのでしょうか?」

「奴隷を買いに来た」

「それはそれは。我が商店をお選びいただき、誠にありがとうございます。ご希望の奴隷の詳細をお聞きしたいので、そちらのソファにお座りください」

おおらかに対応しているが、彼の瞳はこちらを値踏みするそれだった。きちんと奴隷を購入できるのか、どのレベルの奴隷まで購入できるのか。そういった部分を観察していると思われる。

この油断ない視線は、手練れの商人独特のものだ。おそらく、彼が店主なんだろう。

「まずは自己紹介をいたしましょう。私はグミン・ファーフル・ホアカと申します。当店の店主を務めております。よろしくお願いいたします」

予想通り、店主だったらしい。

オレは名乗り返す。

「冒険者のシスだ。普段はフォラナーダで活動をしてる」

「ほう、フォラナーダですか。わざわざ遠く離れたシャーグ領までお越しくださるとは。何か目当ての商品でも？」

店主は目を細めて尋ねてきた。笑顔は崩れていないが、放つ雰囲気は剣呑さを含んでいる。

また、店の奥の扉や出入口の方から、それなりに強そうな者たちの気配を感知できる。この店が雇っている護衛だな。オレの言動が怪しいため、襲撃の準備をさせた模様。

「その通りだ。例の内乱で捕らわれた元貴族の娘が、ここにいると耳にしてな。その少女を買い取りたい」

想定内の反応だったため、オレは特段気にしない。むしろ、やましいところは一切ないと明け透けに本命を語る。

それに対し、店主はジッとこちらを見つめる。嘘ではないかと探ろうとしている。

オレは端然と見つめ返した。

しばらく沈黙が続き、視線が交差する。

先にそれを破ったのは、店主の方だった。

「かしこまりました。お望みの商品の下へご案内いたしましょう。ちょうど一人、内乱にて確保された奴隷がおります。しかし、彼女は未だ反抗的な態度で、奴隷としては使いものになりませんよ？」

「構わない」

というか、心が折れている方が困る。オレは彼女を保護するために訪れたのであって、奴隷にするために買い取るわけではないんだから。

オレに翻意はないと理解したのか、店主は苦笑いしながら立ち上がった。このまま彼女の下へ案内するというので、素直についていく。

店の奥にあった扉の先は、奴隷たちを隔離した牢屋だった。牢屋といっても鉄格子が存在するだけで、中は普通の部屋と変わらないんだが、どこか圧迫感を覚える。

調教中の彼女は特別房とやらに収容されているらしく、オレたちは店の最奥まで足を運んだ。重厚な鉄扉があり、その中に目的の彼女がいるという。

扉の錠を外す間、店主は注意事項を述べる。

「一応、鎖で手足を縛っていますが、できるだけ近づかないようにお願いします。この商品は反骨心が強く、誰にでも噛みついてきますので」

彼が話し終える頃、ようやく扉が開かれる。

「彼女が、お客さまのお目当ての商品でしょう」

店主の指し示す先、部屋の中には一人の少女がうずくまっていた。茶髪茶目の狼の獣人で、オレと同い年。全身がアザと汚れに塗れているせいで、本来なら可愛らしいはずの容姿が台無しだった。目を逸らしたくなるほど痛々しいありさまだが、少女の瞳は死んでいなかった。むしろ、『まだまだ抗ってやる！』と言わんばかりに、鋭い眼光をこちらへ向けてくる。

これほどまでに反抗的だからこそ、ボロボロになるまで痛めつけられたんだと察しがついた。

原作知識通りの様相に、オレは思わず溜息を漏らす。

「この商品名はニナ・ゴシラネ・ハーネウス。元子爵家の娘で、歳は八つです。土の魔法適性を持ちますが、獣人とあって魔力量はそれほど多くありません。かなり痛々しい見た目ではありますが、〝初めて〟は無事です。そこは保証いたします」

「間違いない。彼女を買おう」

店主の最後のセリフはスルーして、オレは購入する旨を伝える。

すると、今の会話を聞いていた少女――ニナが、にわかに騒がしくなった。縛られていることなんてお構いなしに暴れ、ガチャガチャと鎖のすれる音が鳴り響く。猿ぐつわのせいで言葉は聞き取れないが、うーうーと必死に唸りも上げていた。よほど買われるのが嫌らしい。

とはいえ、放っておくという選択肢はない。オレがここで介入しないと、彼女は死んでしまうんだから。

店主は慣れているようで、ニナの騒々しさに眉ひとつ動かさず、手続きの書類をまとめ始めた。程なくして全資料が揃い、オレは用意していた金を店主へ渡す。それから、資料に自らのサインを書き記した。

店主はにこやかに言う。

「この瞬間から、そこの奴隷はシスさまの所有物となりました。この度は我が商店のご利用、誠にありがとうございました」

「いや。こちらも、いい買い物ができた」

「それは、ようございました」

「では、連れて行くぞ。……鎖は借りてってもいいか？」

さすがに、暴れ回るニナを拘束具なしで運ぶのは骨が折れる。せめて、落ち着ける場所までは縛ったままで移動したかった。

こちらの考えを理解できたみたいで、店主は鷹揚に頷く。

「鎖は差し上げます。ここまで厳重に拘束する必要がある奴隷は、そうそう現れませんので。サービスとでも思っていただければ」

含むところはなさそうだった。本当にサービスのつもりらしい。ならば、遠慮する必要はない。

「分かった。ありがたくいただいていこう」

「はい。毎度ありがとうございました」

オレは鎖で縛られたニナを脇腹に抱え、ギュッと首の辺りを絞めつける振りをする。それに合わせて精神魔法の【スリープ】を放ち、彼女を眠らせた。傍から見たら、首を絞めて気絶させたように見えるはずだ。

ニナを大人しくさせた後、オレは早々に奴隷商店を出る。

さっさとニナを風呂に突っ込みたかったんだ。だいぶ長い間、体を洗っていなかったようで、かなり臭気が漂っている。

行きと同じ道を通って部下と合流し、軽く情報を共有してからフォラナーダに帰還した。

ただ、城に帰るわけではない。ニナに関してやることが、まだまだ大量に残っていた。

○●○●○

ニナ・ゴシラネ・ハーネウスは、その名前が原作で語られることはあったものの、彼女自身は一切登場しなかった。何故(なぜ)なら、原作開始時点で、ニナはすでに死亡しているからだ。

内乱で敗者となった彼女は奴隷として売り払われ、反抗的な態度を崩さなかったことにより死の瀬戸際まで追い詰められ、最終的には好事家(こうずか)の貴族に死ぬまで弄ばれる。そういう運命だった。

原作でニナの名前があがったのは、勇者サイドの攻略対象の一人が彼女の双子の妹だから。しかも、メインヒロインだったため、大きく取り上げられていたんだ。

ニナが奴隷になってから死ぬ瞬間までの描写を、彼女を汚し尽くした貴族が嬉々(きき)として語る展開があり、原作屈指の胸糞(むなくそ)シーンだとプレイヤー間では有名だった。

そして、姉の死の詳細を知ったことをキッカケに、ヒロインの復讐心は後戻りできない領域に至ってしまう。結果、恋人の勇者と聖王国内の貴族を粛清して回る。そんな凄惨なエンディングが用意されていた。

メインヒロインを最初に攻略する派閥のオレは、この【血の粛清】エンドを最初にクリアしたんだが、当時は酷く困惑したものだ。だって、王道ファンタジーの恋愛ＲＰＧだと思ったら、いつの間にかダークファンタジーに路線変更していたんだもの。他のヒロインならまだしも、メインヒロインに血生臭いエンディングを持ってくるとは、予想外にも程がある。

無論、選択肢次第で穏やかなエンディングにも辿り着けるが、【血の粛清】が某ヒロインのトゥルー扱いだというんだから呆れてしまうよ。

まぁ、某ヒロインのことは良いんだ。内乱後はどこかの田舎町で息を潜めているらしいから、学園が始まるまで関わらない。学園が始まってからも関わりたくない。

話の根幹は、〝どうしてオレがニナを救ったのか〟だろう。

理由は大まかに三つ。

一つは、救える命なら救おうと思ったから。内乱を経て、安易に他人を見捨てると思わぬしっぺ返しを食らうかもしれないと学んだ。純粋な善意とは言い難いけど、『やらない善より、やる偽善』の精神である。

二つ目は、【血の粛清】エンドの芽を摘むためだ。聖王国がどうなろうと興味がないのは、昔から変わっていない。しかし、積極的に滅ぼしたいわけでもない。カロンたちの平和を考えるなら現在の地位がベストなので、あの凄惨なエンディングは回避したかった。最悪、オレたちも狙われる可能性だってあるし。

最後。この理由がもっとも重要で、死ぬ運命を覆せるかどうかの実験である。オレの目標は、カロンを死ぬ運命から脱却させること。同じく死ぬ定めを背負っているニナの過程を観察すれば、カロンを救うためのヒントが見えてくるだろう。

実験というと聞こえは悪いけど、結果的に彼女の命も助けることになるため、ご容赦願いたい。

以上の三点より、オレはニナを引き取った。

原作だと彼女は学園入学前後で死亡しているはずなので、それまではカロンと同様の方針で進めるつもりだ。

【位相連結(ゲート)】でフォラナーダ領都に戻ったオレだが、移動先は城ではない。領都の最東端にある一軒家に入った。

2LDKほどの民家の内部は殺風景だった。一応、必要最低限の家具は搬入済みであるものの、まるで生活感がない。

それも当然だろう。今まで、誰も住んでいなかったんだから。この家は、ニナを引き取った時に備えて用意したものだった。

オレはリビングにあるソファの上にニナをそっと置き、風呂を沸かす。この辺りは元日本人としてこだわっており、最新鋭の設備が整っていた。少々の魔力消費でお湯が蛇口から注がれ始める。三十分もしないうちに浴槽は満タンになるはずだ。

リビングに戻り、まだニナの意識が戻っていないのを確認すると、オレは再び【位相連結(ゲート)】を使った。今度こそ領城へ向かう。

転移先の執務室で【偽装】を解除し、その場にいた部下にカロンの居場所を尋ねた。今は魔法の授業が終わり、自室で休んでいるらしい。

休憩中のところ悪いが、仕方ないか。

城内を歩いてカーティスと鉢合わせするのも嫌なので、【位相連結(ゲート)】を使って直接彼女の部屋に足を運ぶ。着替え中などでも問題ないよう、魔法を展開してから潜るまで幾許(いくばく)かの間を置いた。

「お兄さま！」

カロンの部屋に入ると、突然彼女に抱きつかれた。

何となく予想できていたので、優しく受け止めたうえで頭も撫(な)でてあげる。そうすると、彼女はいっそう力強くオレを抱き締めてきた。

「うん？」

「？　どうかなさいましたか？」

「……いや、何でもないよ。それよりも、魔法の授業で何かあったのか？」

「……お兄さまは何でもお見通しなのですね」

オレが問うと、カロンは胸に顔を埋めたまま語り始めた。

案の定、カーティスは、弟妹たちの堪忍袋を刺激する発言を連発したようだった。そのせいで、威力を抑えるための魔法操作に苦労したとカロンは言う。

だから今は、こうしてストレスを発散しているんだ。他人のことをとやかく言える立場ではないが、兄とハグしてストレス解消できるとは、立派なブラコンである。

カロンがこの調子なら、オルカの方も早めに顔を出した方が良いかもしれない。彼もブラコンの気があるからなぁ。

抱き合いながら頭を撫で続けたことで、カロンは落ち着きを取り戻した。

「そ、それで、お兄さまは、どのような用件でいらっしゃったんでしょうか？【位相連結】まで使用したということは、よほどの危急だと一考いたしますが」

照れくさそうに頬を朱に染め、彼女はオレから離れた。可愛いすぎるぞ、我が妹よ。

……って、それどころではなかった。早く戻らないと、彼女が目を覚ます前に治療できない。

「治療してほしいヒトがいるんだ。結構重傷でね」

「承知いたしました。すぐに向かいましょう！」

患者と聞いてカロンは即答する。ケガ人は絶対に見捨てないという気概が、言葉の端々から溢れていた。優しい子に育ってくれて嬉しいよ。

彼女の姿を見て頬笑みを溢しつつ、オレは三度【位相連結】を開く。行く先は当然ニナの下だ。カロンを伴い、一軒家に戻る。ソファではニナが眠っており、目を離していた間に目覚めた気配はない。

ニナの姿を認めると、カロンは即座に駆け寄っていった。彼女の惨状に一瞬だけ眉をひそめたものの、その後は滞りなく治療を施していく。

「終わりました」

治療開始から三十秒も経たずして、ニナは完治してしまった。この早さには、オレも驚く。

――いや、それだけではないみたいだ。

ニナの容態を観察して気づく。過酷な奴隷生活でやつれていたはずの彼女が、健康体に戻っていたんだ。おそらく、欠損治療を応用し、肉体がやせ細る前の状態を上書きしたんだろうけど、それを難なくこなすカロンの技量には目を瞠った。彼女の治癒能力は、こちらの予想を遥かに超えて上達しているらしい。

とはいえ、同時に納得もする。教会の協力要請を数多くこなしてきたんだ。努力家のカロンなら、回数を重ねるごとに腕を上げていても不思議ではない。

「かなり酷い状態でした。極度の栄養失調に加え、肋骨の六本、全指の末節骨、手根骨、大腿部を骨折。内臓や血管も相当数傷ついていました。特に手足の末端部は、深刻なレベルで粉々でした。私の光魔法でなければ、二度と指を動かせなかったと思います」

「……そうか」

　オレは多くの言葉を呑み込んで、一つ頷いた。

　あの奴隷商人、そこまで苛烈な虐待をしていたのか。かなりの重傷だとは分かっていたが、カロンから聞く診察結果は衝撃的だった。

　大きく息を吐いて、胸のうちにわだかまった感情を緩和する。

　そんな時だ。ニナが「ううん」と身じろぎをした。ケガが回復したお陰か、そろそろ眠りから覚めるよう。

「カロン、来て早々悪いけど、城に戻っててくれ。オレは彼女を介抱してから帰るよ」

「でしたら私も――」

　カロンが助力を申し出るが、オレは首を横に振った。

「それは止めておいた方がいい。気持ちはありがたいんだけど、事情があるんだ」

　奴隷に落とされた境遇からして、貴族を恨んでいる可能性が高い。実際、ヒロインである彼女の妹は、復讐心に身を焦がしていた。見るからに貴族然としているカロンを、ニナと出会わせるのは悪手だろう。わざわざ一軒家に連れ込んだ意味もなくなってしまう。

　姿を変える手もあるけど、カロンの場合は口調が仰々しいからなぁ。たぶん、すぐにバレてしまう気がする。

　同様の理由で、オルカと会わせる案も破棄した。二人は同じ派閥だけど、知り合いでないことは確認済み。現状だと、デメリットの方が大きい。

「……そうですか。承知いたしました。お兄さまがそう仰るのですから、相応の理由があるのでしょう。大人しく帰参いたします」

「ごめんな」

やや躊躇う雰囲気を出していたが、彼女は了承してくれた。

オレは申しわけなく思いつつも、彼女の頭を撫でて「許してくれ」と謝罪する。

「いえ、私は大丈夫です。先程も申し上げましたが、お兄さまには何か考えがあると理解しております。私は、お兄さまの決断を尊重いたしますわ」

カロンは、そう言って頬笑んでくれた。含みのない、まぶしい笑みである。

それから、彼女は開きっぱなしだった【位相連結】を潜り、城へと帰っていった。

彼女が潜り抜けるのを見届けてから、オレは【位相連結】を閉じる。そして、再びシスの姿に戻った。

「……んー？ッ!? うううううううう！！！！！」

タイミング良く、ニナが目を覚ましたようだった。最初は寝ぼけて状況を摑めなかったが、十秒も置くと鎖をガチャガチャ鳴らして暴れ始める。派手に暴れればソファからも落ちてしまうが、彼女はお構いなしだった。

うん、拘束を解かなくて正解だった。自由にさせていたら、今頃オレをブン殴って外に飛び出していたかもしれない。

しばらく好きにさせたけど、一向に気が落ち着く様子は見られない。放っておけば大人しくなるという目論見(もくろみ)は、見事に外れてしまった。仕方ない、声を掛けるか。

絶対に言うこと聞かないだろうなぁと思いつつ、オレは口を開く。

「ニナ・ゴシラネ・ハーネウス。落ち着いて聞け」

「うううううううううう！！！！！！」

「はぁ。オーケー、落ち着けって命令は撤回する。話を聞いてくれれば、それでいい」

鋭い眼光を向けて唸るニナ。うん、こちらの言葉さえ理解してくれてれば、もうそれで良いや。

「大前提として、オレはお前を奴隷として扱うつもりはない。お前を保護するつもりで買った」

「うううううう！！！」

相変わらず、ニナは唸り声を上げる。初対面の男の言葉なんて、簡単に信じられるわけはないか。奴隷に落とされたうえに虐待を受けていたんだし。

まぁ、信用されなくても問題ない。現状、そのようなものは必要ないんだから。

オレは、彼女の態度を気にも留めず続ける。

「もちろん、純粋な善意じゃない。オレにも目的があって、それを果たす過程でお前を助ける必要があっただけだ。といっても、ここで放り出すなんて無責任なマネはしない。その証拠に栄養失調やケガは治療しておいた。そして、お前が望むなら、お前が奴隷から解放される日まで、オレが生きる術（すべ）を教えてやってもいい」

「う？　ううう!?　うううう？　ううううう!!」

ニナは唸り声しか上げられないが、言わんとしていることは理解できた。おそらく、『えっ、本当にケガが治ってる!?ってことは本当なのか？　いや、そんな都合のいい話には騙（だま）されないぞ！』といったところかな。

オレは肩を竦（すく）める。

「疑（うたぐ）り深いのはいいことだが、オレが信用に足るかどうかは重要じゃないだろう？」

「うう？」

ニナは首を傾（かし）げている。

理解できなくても仕方がないか。彼女は八歳の子どもだし、急展開すぎて頭が追いつかないんだと思う。

「今のお前はオレの手のうちにある。奴隷のお前をどう扱うかは、オレの気分次第なわけだ。だから、お前がオレを信用するか否かは重要じゃない。お前はオレに従うしかないんだよ。従いながら色々な知識や技術を身につけられるんだから、お得だと思っておけ」

「……」

オレの言葉を受け、ニナは黙り込んでしまった。鋭い視線は変わらないため、心は折れていないと分かる。たぶん、今はオレに従うしかないという状況を、理解できたんだろう。

とりあえず、暴れ回る心配はなくなったかな。

そう判断したオレは、彼女の拘束を解くことにした。

「今から鎖を外す。一応釘を刺しておくが、絶対に暴れたり逃亡したりするんじゃないぞ。逃亡奴隷に落ちたら、さすがのオレでも助けられないからな」

この世界の奴隷は、奴隷簿という奴隷限定の戸籍によって国が管理している。奴隷から解放するには、必ず国政を通す手続きが必要になるわけだ。精神魔法を除けば、ファンタジー小説にあるような契約魔法がない以上、こうやって厳重に縛るしかない。

だから、ニナは未だに奴隷だ。本音を言うと、さっさと自由の身にさせたいんだけど、オレの権限で戦利奴隷は解放できないんだ。

逃亡奴隷のレッテルを張られると、国全体から追われるハメになる。地の果てまで追跡されるうえ、捕まったら地獄も生ぬるい懲罰が待っている。

その過酷さは理解できているようで、鎖を解かれてからもニナは大人しかった。表情は険しいままだけど、今はそれで十分。

「さて。やっと自己紹介フェーズだ。オレの名前はシス、冒険者をやってる。よろしく」

「……」

返事はないが、オレは続ける。

「今、風呂に湯を張ってる。もう少ししたら入ってこい。服も、そっちの部屋に用意してある」

二部屋あるうちの一つはニナの私室だ。そこに、事前に準備しておいたニナの私物が保管されていた。

彼女が首肯したのを認めた後、オレは家の外へ向かうために足を動かした。

「……どこへ行くの？」

ニナから、初めてまともな言葉を聞いた。冷静な彼女の発する声は、静謐さを湛えて透き通っていた。

オレは背中越しに答える。

「食料調達。腹、減ってるだろう？」

「……」

またもや返事はない。だが、ゴクリと唾を飲み込む気配と「ぐぅ」という小さな腹の虫の音が聞こえた。

反抗的だったニナは、奴隷商店ではロクに食事を与えられていなかった。ゆえに、食料と聞いて反応してしまうのは仕方のないこと。たぶん、振り返れば顔を真っ赤にしたニナを拝見できるんだろうが、彼女の名誉のために正面を向いたまま家を出る。

お腹に優しい食べ物を用意しよう。オレは、そんなことを考えながら城下町を歩くのだった。

「ハグハグハグハグハグハグ」

「よっぽど腹が減ってたんだな」

用意した食事を一気呵成にむさぼるニナを見て、オレは呆れた声を漏らした。

食料調達から戻るとニナは逃亡していた――なんてオチはなく、素直に身だしなみを整えていた。

身体中にこびりついていた汚れはすっかり消え、今では茶髪茶目の麗しい狼娘である。将来は双子の妹であるヒロインそっくりの、かなりの美人に成長するだろう。無論、カロンには及ばないが。

「食べながらでいいから、オレの話を聞いてくれ」

一週間分のつもりで用意した食料が半分消えた辺りで、オレはいい加減に話を進めようと口を開いた。

ニナと視線が合ったので大丈夫だろう。……大丈夫だよな？

「今後の予定を話す前に、一つやっておきたいことがある。オレは特殊な魔法が使えるんだ。【誓約】という魔法で、交わした約束を遵守させる効果がある。ニナには『オレ――シスに関する情報の一切を漏らさないこと』という内容で、オレには『ニナの命と尊厳を守ること』という内容で契約してもらう。ちなみに、破れば死ぬぞ」

精神魔法による契約は必要事項だった。死ぬ運命を回避させるには、いろんな術を教え込む必要があるからな。その中には外に漏らしたくないものもある。

オレの奴隷になった以上、ニナに逃げる選択肢はない。しかし、それにかまけて放置するのは愚策。情報漏洩の芽は、できる限り摘むべきだ。

「そんな魔法、聞いたことない」

ニナは食事の手を止め、こちらを睨んできた。先程までの苛烈さは鳴りを潜め、どちらかというと表情に乏しいけど、確かな警戒心を感じる。

当然の反応だな。契約魔法なんて誰も知り得ないし、反故にすれば死ぬと言われたんだ。貴族から奴隷に落とされた彼女としては、易々と信じられないだろう。

対してオレは、あえて飄々と肩を竦める。

「言っただろう、特殊な魔法だって。というか、警戒したって無意味だ。契約するのは確定事項なんだからさ。さっきも忠告したけど、お前はオレの手のうち。拒否権はないよ」

「ふん」

不機嫌そうに鼻を鳴らし、食事を再開するニナ。

思ったより、この子は賢いな。理不尽な状況にもかかわらず、きちんと自分の立場を理解している。窮地において感情ではなく理性で動けるのは、優秀な証拠だった。先程までの暴走が嘘のよう。

心のうちで感心しながら【誓約】を発動した。前述したものと同じ内容を復唱し、無事に契約を完了する。

それからオレは、「次は今後の予定についてだ」と話を進めた。

「ニナには、オレと同じ冒険者になってもらう。戦利奴隷という立場のお前は、他の職業には就けないからな。それに、元貴族のお前には敵が多い。自衛できるくらいの戦闘力が必要だ。冒険者のノウハウを教えながら、ニナ自身も鍛える」

「ハグハグハグハグハグハグハグハグハグハグハグ」

一切反応がないけど、異論も返ってこない。肯定と認識して良いだろう。

オレは続ける。

「とりあえず、直近の計画を伝える。明後日(あさって)までは休息に当て、三日後から訓練を始めよう。奴隷生活で体力も落ちてるだろうから、最初の一ヶ月は基礎能力の向上を目指す。冒険者登録なんかは、ある程度鍛えてからだな。あと、この家に住むのはニナ一人だ」

「むぐっ……どういうつもり？」

オレのセリフを聞き終えた彼女は、唐突に手を止めて問うてきた。

何について尋ねているのかは一目瞭然か。

オレは肩を竦める。

「元々、この家はお前専用に用意したんだ。だいぶ前から、お前の救出は計画のうちだったからな。オレの家は別に存在するんだよ」

「あなた、何者？」

警戒心を跳ね上げるニナ。

気持ちは理解できる。正体不明の自称冒険者が、自分のために家まで用意していて、しかも当の本人は一緒に暮らさないという。これを怪しまない奴は頭がおかしい。

ただ、事情を説明するわけにはいかない。ニナとはまだ信頼関係を築けていないうえ、彼女がどれほど貴族を恨んでいるのかも不明。今は秘密にしておく他なかった。

「……はぐはぐ」

オレが何一つ答えないことを察したんだろう。ニナは食事を再開した。

ここまでの話に異論はなさそうなので、オレは最後の伝達事項へ移った。

「基本的に、一人の時は家の中で大人しくしておくことを勧める。この家には結界が張ってあって、オレの許可した人物しか通さないからな」

「ゴホッゴホッゴホッ」

ニナがむせた。

原因は分かっている。ただの一軒家に結界を張るなんて、意味不明なことをしているためだ。少しでも魔法の知識があれば、莫大(ばくだい)な費用がかかると理解できるもの。日用の魔道具でさえ、一般家庭においては相応の負担となる値段なんだ。オーダーメイドとなったら、最低でも七桁の額が吹っ飛ぶだろう。

とはいえ、今回の魔道具に関する経費はゼロに等しい。結界はオレの新たな無属性魔法だし、触媒だって冒険者の仕事の中で手に入れた代物。消費魔力は激しいけど、オレが定期的に補充すれば問題ない。ほとんど自給自足だった。

せっかくだから、もっと驚いてもらおう。

懐から小さな宝石が一つだけ装飾されたノンホールピアスを取り出し、ニナ側のテーブルに向かって投げた。

「？」

目前に落ちたピアスを見て、彼女は首を傾げる。

オレは意地悪そうに笑う。

「それは遠距離通話用の魔道具だ。どこにいても、頭の中でオレと会話ができる」

「は？」

とうとう、ニナは手に持っていたスプーンを落とした。今聞いた情報が整理できていないのか、ポッカーンとした表情を浮かべている。

無理もない。遠距離通話の魔道具なんて貴族しか持っていない。加えて、元貴族である彼女は、声を出さずに会話が成立する魔法は規格外だと理解できているんだと思う。

魔道具に込められている魔法は精神魔法である。【念話】というもので、便利だからとアカツキに教わった。

以前は風魔法の【遠話】で通話を行っていたんだけど、あれは屋内では使いにくい制約があった。そのため、こうして新しい魔道具を開発したのである。

ただ、精神魔法である都合、外部への漏洩は厳禁。開発も慎重を期するゆえに、量産は不可能だった。今のところ、カロンとオルカ、シオン、諜報部隊に三つ、そしてニナにしか渡せていない。

ちなみに、【念話】の魔法を使えるオレとアカツキは魔道具を必要としない。あくまでも、【念話】を発信する側に必要な代物なんだ。

「本当に、あなたは何者？」

猜疑心たっぷりに先程と同じ質問をしてくるニナ。あまり表情は動いていないけど、その顔色は困惑に染まっていた。

それに対して、オレは挑発的な笑みで答える。

「秘密だ」

彼女が盛大に舌打ちをしたのは、言うまでもない。

Section5　望まれない子

ニナが食事を終えたのを見届けたオレは、追加の食料を補填してから城に帰った。今まで苦労してきたんだし、三日間くらいはゆっくり休んでほしい。

「オルカのところに行こうかな」

帰宅してすぐ、オレは次の行動に移る。

カロンがあれだけストレスを抱えていたんだ。オルカも同様と予想できるため、様子を見に行こうと決めていた。それに、もう一つの気掛かりもある。

自室を出て、オルカの私室に足を向ける。広大な城と比較してオレたち兄妹の私室はそれほど離れていないので、十分も経たないうちに到着した。

だが、少し当てが外れてしまった。部屋の前に誰もいないんだ。オルカが室内にいるのなら、扉の前に使用人が待機しているはず。つまり、彼は別の場所にいるということだ。念のためにノックをしてみるけど、応答はなかった。

肩透かしを食らった気分になり、オレは後頭部を軽く掻く。

「まぁ、急いでるわけでもないし、捜しますか」

諦めるという選択肢はない。オレは、何が何でもオルカを構い倒すつもりだった。もう、そういうスイッチを入れてしまっているんだ。今さら変更はしたくない。

城中に探知術を広げる。オルカの居場所は間もなく捕捉できた。

オルカは今、食堂にいるようだ。彼だけではない。傍にはカロンとシオン、使用人が三人、そしてもう一人。

「カーティスか？」

四色の魔力。馴染みのない反応ではあったが、この特徴的な色は彼で間違いなかった。

カーティスが食堂にいること自体は良い。彼だって食事をする際は、あの場所を利用する。しかし、カロンたちも居合わせている状況に、嫌な予感を覚えた。シオンとの距離も妙に近いし。

【位相連結】……はダメだな。カーティスに感づかれるかもしれない。念を入れて、使用は控えよう。

オレはその場から駆け出す。廊下を踏み抜かないよう気をつけつつも、【身体強化】も用いて走り抜けた。

予感は的中していた。食堂で起きていたものは、とうてい穏便な事態とは言い難かった。

「離しなさい！」

カロンの声が響く。それは彼女らしからぬ、強烈な怒りを含んだものだった。

感情の矛先はカーティスだ。彼はシオンの腕を摑んでおり、自分の方へ引き寄せようとしている。

当のシオンは表情を歪めていて、顔色は真っ青。無理やり連れ去ろうとしている風にしか見えなかった。

ゆえに、カロンは怒りの感情を発露させている。いや、彼女だけではない。彼女の隣にいるオルカも、耳や尻尾をピンと張ってグルグルと唸っていた。

二人とも、それだけシオンのことを慕っているんだ。カロンは以前に『シオンのことを姉のように感じている』なんて溢していたし、オルカも『シオン姉』と彼女を呼んでいるからな。シオンが望むならともかく、現状を許すはずがない。

対するカーティスは、ヘラヘラと笑っていた。こんなの大したことではないとでも言わんばかりに、二人からの敵意を受け流している。

その頬笑みには、一種の不気味さが感じられた。あいつは、何か秘策でもあるんだろうか？

彼は飄々と言う。

「カロライン嬢は勘違いをしておられる」

「勘違いですか？」

カロンは眉根をつり上げた。その表情は、『阿呆なことを口にしたらブッ飛ばすぞ』と物語っていた。かなりの迫力である。

こういう一面を見ると、原作にて悪役令嬢役を担っていただけはあると感心してしまうな。感心して良いことではないけどさ。

カーティスは、特段動じる様子もなく続けた。

「はい、勘違いですよ。あなたは、私が無理やりシオンを連れ去るとお思いのようですが、事実は異なります。同意のうえで、私たちは行動をともにしようとしているのです」

「そのような戯言(たわごと)を私(わたくし)が信じると、本気で考えておられるのですか？」

カロンの威圧的な低い声と同時に、一帯の空気が重苦しくなった。雰囲気などではない、物理的な重圧が食堂に生まれていた。

彼女が声に魔力を乗せたんだ。精神魔法や【威圧】ほどではないが、練り込む魔力量によってはそれなりの効果を発揮する。魔力量の少ない使用人たちは、耐え切れずに膝を突いた。

しかも、事態はそれだけに留(とど)まらない。オルカまでもが魔力を放った。

「それ以上、シオン姉(ねえ)に何かするなら、ボクも許しませんよ！」

通常の魔力は実体を有さない。オレのように相当量を高密度で圧縮しなければ、物理的な影響は及ぼさない。

しかし、魔力が魔法へと【現出(クリエイト)】されたのなら別だ。怒りのせいか、二人は無意識に【現出(クリエイト)】しているようで、食堂内に熱波が吹き荒れた。それは調度品を粉砕し、木材や陶器のカケラが舞い散る。限界を迎えた使用人たちの悲鳴も響く。

「ぐっ」

さすがのカーティスも、この事態に平静を維持できないよう。苦悶(くもん)の声を漏らしたうえで片膝を突いた。

その際、シオンを握る手が緩んだのを、オレは見逃さなかった。

一足飛びで事態の中心に踏み込むと、素早くシオンを回収し、カロンとオルカの隣に立った。瞬く間の救出劇に、誰も反応できていない。

オレはシオンを床に下ろした後、二人の肩を優しく叩(たた)いた。

「怒るのは分かるけど、少しやりすぎだ」

「お、お兄さま」

「ぜ、ゼクス兄(にい)」

途端に熱波は霧散し、イタズラがバレた子どもみたいな表情を浮かべる弟妹たち。

イタズラと表現するには些(いささ)か度が過ぎた被害状況ではあるけど、理由が理由なので、お小言は手短にしておくか。

「シオンのために怒ったのは分かるよ。でも、もっと周りに気を遣うべきだ」

残骸だらけになった食堂を視線で示すと、カロンたちは肩を落とした。

「申しわけございませんでした」

「ごめんなさい」

「うん、すぐに謝れるのはいいことだ。片づけをする使用人たちにも謝っておくんだよ」

「「はい」」

異口同音の返答を聞き、オレは鷹揚(おうよう)に頷(うなず)く。

二人への対処は、この程度で良いだろう。残るは二つ。

足下のシオンは未だ呆然としているので、後回しで良い。

問題はカーティスだな。彼はようやく息が整ったようで、こちらに鋭い視線を向けながら、ゆっくり立ち上がっていた。

彼が口を開くよりも早く、こちらから問う。

「使用人をけしかけてシオンを連れ去ろうとするなんて、どういうおつもりですか？」

そう。この場に居合わせていた三人の使用人こそ、シオンとカーティスを引き合わせた張本人だった。彼女らがカーティスに籠絡されている報告は受けていたため、推理は容易かった。

三人の状況を報告する際、セワスチャンは自らの力不足を猛省し、謝罪の言葉を口にしていた。

まぁ、最末端の新人ゆえに、教育が行き届かなくても致し方ないと思う。彼女たち三人に大した情報は握らせていなかったので、セワスチャンの失態はその場で許した。

籠絡されている状況を逆手に取ってやろうと考えていたんだが、まさかシオンを標的にするとは驚きだ。カーティスは彼女を味方だと認識しているはずなのに、どうして強硬手段に打って出たのだろうか。

こちらと協力関係を築いていたのがバレた？

可能性は低い。オレやカロンの情報を漏らさないようにシオンと【誓約】を交わしているが、それ以外は普通にスパイをして良いと伝えている。ゆえに、裏切ったと認識されるはずがない。

とすれば、スパイとは別の理由が存在する？

最近、シオンの様子がおかしかったのは、その理由が関係しているのかもしれない。

だが、すぐに結論を出せる内容ではなかった。情報が足りなすぎる。

それに、今は原因について考察している場合ではない。問題の解決に注力しよう。

オレの発したセリフに対し、しばらく睨み返していたカーティスだったが、小さく息を吐いて脱力した。それから普段通りの、嘲りの交じった笑みを浮かべる。

「人聞きの悪いことを仰らないでいただけますか？　私は使用人などけしかけてはおりませんし、そのメイドを連れ去ろうともしておりません。先程もカロラインさんに申し上げた通り、同意の下でしたよ。それとも、何か証拠でもございますか？」

オレは目を細めた。

彼の言うように、確たる証拠はない。たぶらかされた使用人を吐かせることは可能だが、対外的に彼女らはフォラナーダ側の人間。口裏を合わせたと思われかねないため、証拠能力はなかった。

現状は、状況証拠しか存在しないんだ。

前々から思っていたけど、何とも腹立たしい奴だ。

カーティスを始末するのは簡単だった。前述した理屈で言えば、この場には味方しかいない。消したところで、口裏を合わせられる。

しかし、理屈なんてどうでも良いんだ。この伯爵領内で彼が姿を消せば、真相はどうであれ、王宮派は必ず文句をつけてくる。〝ヒトが消える危険極まりない領〟なんてレッテルを貼り、『そのような危険から希少な光魔法師を離すべきだ』と、マッチポンプ上等のデタラメ話をでっち上げる可能性があった。いくらカロンの名声が高いとはいっても、国の正義である聖王が発表したら、そう簡単には覆せない。

オレ一人の手が回る範囲には限りがある。どれだけ強くなって広げていこうと、絶対に無限にはならない。そのために部下たちの力を借りるんだが、まだ王宮側に抗うには早かった。勝ちはしても、損失は免れない。そんな辛勝には意味がない。

だから、基本的には我慢する。どれほど怒りを抱こうとも、今は雌伏の時だ。

とはいえ、シオンの連行を黙認するわけではない。

オレは一つ溜息を吐き、断言する。

「シオンは連れていかせない」

「同意は得られて――」

「関係ない。シオンは、オレの直属の部下だ」

言い募ろうとしたカーティスだったが、言い切る前に遮った。そして、彼を真っすぐ見つめる。

おそらく、これで伝わっただろう。上司のオレが拒絶するんだから、部外者のお前の意見なんて知ったこっちゃない、と。

あまりの暴論だけど、この世界は封建社会。貴族かつ雇い主であるオレの言葉が、何よりも優先される。カーティスも貴族ではあるが、所詮は子爵家嫡男。伯爵家嫡男より立場は弱い。

オレの思惑通り、カーティスは言外の意図を察したようだった。笑顔はそのままだが、まとっていた嘲りの気配は消えている。相当不愉快なのか、読み取りづらいはずの感情まで透けていた。

数秒ほど無言で睨み合った後、彼は静かに返す。

「直属の上司に物申されては、引き下がるしかありませんね。承知いたしました、この場は大人しく踵を返しましょう」

そう言って、カーティスは食堂より去っていく。

彼の後ろ姿が見えなくなると、カロンとオルカが喜色を含んだ声を上げた。

「さすがお兄さま！」

「あいつをアッサリ撃退するなんて、ゼクス兄はやっぱりスゴイ！」

よっぽどカーティスに対する不満を溜め込んでいたのか、二人は小躍りしながら喜びを表現する。

オレの周囲をクルクル回る姿は、本当に愛らしい。妖精さんの降臨だ。

ただ、状況は芳しくなかった。見下していたオレに言い負かされ、カーティスがどう動くか判然としない。一応の警戒は必要だろう。彼の自制心に期待するのは間違っている。

程なくして、他の使用人たちが食堂へ駆けつけた。本来なら、もっと早くに到着していたんだけど、出動を遅らせるよう、あらかじめ【念話】で伝えていたんだ。あの中に巻き込まれてしまえば、怒髪天を衝いたカロンたちの攻撃を受けていたからな。被害はさらに広がっていただろう。

使用人たちがボロボロになった食堂の片づけを始めると、その惨状を作り出してしまったカロンとオルカも、彼らの手伝いに向かった。自分の後始末を、すべて人任せにしないのは偉い。

すると、今まで呆然としていたシオンが、ようやく再起動を果たした。

「申しわけ、ございません」

彼女の第一声は謝罪だった。

顔色は悪いまま。腰が抜けているようで、起き上がる気配もない。

彼女は深呼吸をしてから言葉を紡ぐ。

「大変ご迷惑をおかけしました。申しわけございません、ゼクスさま。この不始末の罰は、如何ようにも下してください」

目を伏せ、シオンは粛々と語る。

しかし、感情を見抜けるオレには、彼女の内心が筒抜けだった。悲嘆、懺悔、恐怖、逃避などが混在している。一言で表すなら、シオンは絶望していた。その重さから逃れたい一心で、彼女は罰を求めていた。

……彼女の悪い癖が出ているな。

このまま普通に罰を与えても、事態は好転しないと思われる。むしろ、悪化する危険性を孕んでいた。

であれば、オレはどう対処すれば良いだろうか？

見捨てて何もしない。それも一つの選択肢だった。元々彼女は敵陣営の人材であり、脅迫によって一時的な契約を結んでいるにすぎない。ここで足を引っ張るようなら、無駄な労力を割かずに切り捨てるのも正しい判断だ。

だが、オレはその札を選ばない。

確かに、シオンとの関係は一見するとドライなものだ。でも、ともにすごした数年によって、それだけの仲ではないことも証明されている。

端的に言って、オレはシオンを気に入っていた。普段はクールぶっている癖にドジなところとか、紅茶の淹れ方が抜群に上手いところとか、誰よりも努力家で人知れず訓練を重ねているところとか、甘さゆえにオレたち兄妹に人一倍の思い入れがあるところとか。

欠点は多いかもしれないが、シオンは魅力的な部分も多い女性だ。ここ数年の生活を経て、もはや家族と称しても過言ではない存在になっている。

だから、見捨てない。かつてカロンに言った『兄妹は支え合うもの』という言葉を嘘にしないためにも、オレは〝家族〟に手を差し伸べる。

「じゃあ、罰を言い渡そう」

「はい」

オレの言葉に、シオンは『覚悟はできている』といった表情を浮かべる。

ところが、それは一瞬にして消え去った。

「明日、オレとデートをすること。それが今回の罰だ」

「へ？」

この時のシオンの顔を写真に残せなかったことは、割と後悔している。

○●○●○

城下町南西部にある噴水広場にて、オレは噴水のほとりに腰かけていた。町一番の大通りと合流する場所だけあって、多くの人々が行き交っている。

そんな人混みをボーッと眺めて何をしているかといえば、デートの待ち合わせだった。

昨日、オレはシオンとデートの約束を取りつけた。であれば本格的にやろうと考え、こうして外での待ち合わせを計画したわけだ。立案者はカロンである。

ちなみに、お互いに姿を【偽装】する手はずになっている。オレは髪と瞳の色を茶にし、体格を大人のものに変更した。シオンは顔立ちのみの調整と聞いている。

はてさて。我が最愛の妹が、気合を入れてシオンの仕度を手伝っているらしいけど、いったいどうなることやら。

頭を空っぽにして待ち惚け（ぼう）を食うこと数分。広場にどよめきが広まった。「うわ、すっごい美人」やら「女神だ」やら「きれい……」みたいなセリフが聞こえてくる。おそらく、シオンが到着したんだろう。カロンの監修は上手くいったようだ。

期待を胸に秘め、人垣を割ってくる彼女を待つ。

そうして、とうとうシオンが目前に姿を現した。

「ほーぅ」

思わず声が漏れる。

民衆の評価は正しかった。確かに、オシャレをしたシオンは美しかった。

普段はシニョンにまとめている髪型は、編み込みで結わえたポニーテールに変えていた。髪の結び方を変えただけなのに、少し華やかな印象を受ける。

次に注目すべき点は服装だろうか。アイボリーのワンピースに淡いパステルグリーンのパンツ、その上に白いシャツワンピースを羽織っている。全体的に優しいテイストに仕上がっており、いくらでも眺めていられた。

【偽装】で地味めの顔立ちに変更しているものの、渾身（こんしん）のオシャレのせいで、意味をなしていない。周囲の注目が集まるのも無理はなかった。

居心地悪そうに歩いていたシオンは、オレの姿を認めるとパタパタと小走りで近寄ってくる。オレも彼女に歩み寄った。

「お、お待たせして申しわけございません。思ったより仕度に手間取ってしまって」

「気にしないでくれ。これだけキレイなシオンにお目にかかれたのなら、待った甲斐があったさ」

慌てた様子で謝罪を口にするシオンに対し、オレはキザったらしいセリフを吐く。

普段のオレなら絶対に言わないだろう甘ったるい言葉だが、デートと銘打っている以上は妥協しない。褒める時は、とことん褒める。

少しわざとらしかったかなとも思ったけど、そんな心配は無用みたいだ。シオンは顔を真っ赤に染め、恥ずかしげにギュッとワンピースの裾を握り締めている。

えぇ、何、この可愛い生物。

いつものクールな面持ちは何処へ消えたのか。今のシオンは、可愛さ全振りのヒロインに変貌を遂げていた。シスコンからメイドスキーへ鞍替えしてしまいそうになるほどの衝撃である。危ない危ない。

「それじゃあ、行こうか」

「はい」

気を取り直して声を掛けると、シオンははにかみながら頷いた。

オレたちは連れ立って町中へと歩み出す。

まず向かったのは、最寄りの商店街だ。城下町一番の大通りに沿って並んでいるため、規模も種類も豊富。地元で生活しているオレたちでも、十二分に楽しめる場所だろう。

先の噴水広場よりも人通りが多い。この中を歩き進むのは体力が要りそうだ。オレたちは鍛えているけど、今日のシオンはオシャレをしている。ヒールこそ履いていないものの、揉み合いになるのは避けたいと思われた。だから――

「ぜ、ゼクスさま!?」

シオンを抱き寄せ、オレが防波堤になるように歩く。【偽装】はあくまで見た目を装っているだけなので、身長が足りずに不格好――肘の辺りを抱く感じになってしまうが、人波から彼女を守る程度なら問題ない。【身体強化】があるからね。

シオンの頭から湯気が立ち上っているけど、大事の前の小事というやつだ。

傍から見たらバカップルに映るだろう状態で、商店街を散策していく。ある程度したらシオンも慣れたようで、普通に楽しむ余裕が生まれていた。

「あ……」

露店の立ち並ぶ一画を通り過ぎようとしていたところ、不意にシオンが声を漏らした。思いがけぬモノを発見した、というような声音だった。

ありきたりな展開だけど、何となく察しはつく。興味をそそられるアクセサリーか何かを、露店の中に見つけたのかもしれない。

オレは【先読み】を応用して、彼女の〝好感〟の向く先を見極める。どうやら、予想は当たっていたみたいだ。

「あの露店に寄ってみよう」

「えっ、はい」

早速、シオンを伴って通り過ぎかけた露店へ足を向ける。手作りのアクセサリーを販売している店のようで、素人のオレでも腕の良さが分かる品々が並んでいた。指輪やピアス、ブレスレット、ネックレスなどなど、質が良いだけではなく種類も豊富である。

「いらっしゃい。カノジョへのプレゼントかい？」

「か、かかかかのかのかの」

「そうだよ」

売り子をしているオッチャンが、ニヤニヤと笑いながら話しかけてくる。

シオンが壊れたレコードプレイヤーになってしまう一方、オレは軽く返事をした。

彼女が再起動する前に、目当ての商品を見つけてしまうか。

発動した魔法に従って視線を動かす。はたして、シオンが気に入ったアクセサリーとは何か。

「なるほどね」

得心した。これならば、シオンが一目で気に入るのも当然だろう。

それはブローチだった。鳥の片翼を模した意匠。ところどころに銀のラインが引いてあり、翼の根元にあたる部分には、翡翠色の半円状の宝石がはめこまれていた。

また、興味深いのはデザインだけではない。ブローチは二つで一対らしく、半円の宝石を合わせると、真円になる仕組みが施されていた。比翼連理に準えて製作したのかな？

製作者のセンスの良さに感心しつつ、オレはブローチを指さす。

「オッチャン、このブローチのセットをちょうだい」

「おっと、お目が高いね。でも、懐は大丈夫かい？　これ、本物の翡翠を使ってるから、他の商品と違って割高だぞ」

「高いって言っても、十万以上はしないだろう？」

「さすがに、そこまで高くはねぇな」

「じゃあ、問題ないよ」

「へぇ、結構お坊ちゃんなんだな、兄ちゃんは」

そんなやり取りを交えながら、商品とお金を交換した。

ブローチを受け取った辺りで、シオンはやっと復活する。

「ゼクスさま、それをお買いになったのですか？」

自分が欲しいと思っていたモノを購入したためか、些か大きめの声を上げるシオン。

オレはニッコリ頬笑んで、彼女の胸元に買ったばかりのブローチの片割れを着けた。ついでに、オレも胸元にブローチを飾る。陽の光を浴びた翡翠が、鮮やかな翠を輝かせた。

「プレゼントだ。お揃いだし、今日の記念になる」

「えっ!? いえ、受け取れませんよ。あなたさまからの贈りものなど、私の身に余ります」

「そう畏まらないでくれ。今日はデートなんだから、素直に受け取ってくれた方が嬉しい」

「しかし……」

シオンの語尾が弱まる。気になっていた品だけに、断り切れない様子だった。

であれば、話は早い。強引に、オレは話題を転換する。

「それじゃあ、次の店に行くぞ！」

「ぜ、ゼクスさま!?」

シオンの腕を取り、オレは歩みを進める。彼女も、やや慌てながらも隣を歩き始めた。

その後も贈りものを固辞するシオンだったが、オレがのらりくらりと取り合わないでいると、最終的には何も言わなくなった。勝利である。

オレとシオンは、陽が暮れるまで目いっぱいデートを楽しむのだった。

町中が夕陽の朱に染まり、多くの商店は店じまいを始める。町を行き交っていた人々も数が減り、まばらな人影が揺れていた。

オレとシオンは、そんな郷愁の念を抱かせる景観を、公園のベンチに並んで座りながら眺めている。デートの締めとして、ゆったりと雑談を交わしていた。

「遊んだなー」

「そうですね」

「ここまで呑気にすごしたのは、久々な気がするよ」

「ここ最近は、色々と解決しなければならない案件が多かったですからね」

「そうそう。オレは、のんびりすごしたいだけなんだけどなぁ。周りが許してくれないんだよね」

「ゼクスさまは真面目なお方ですから。もっと気を抜いても、バチは当たらないとは思いますよ」

「今よりも気を抜いたら、あっという間に陰謀に巻き込まれそうだ」

カラカラと笑う。

オレとしては、雑談の延長上にある冗談のつもりだった。だが、シオンは違う意図として捉えた模様。急に沈黙してしまい、小さく唇を噛んでいた。

そして、若干声を震わせながら呟く。

「……申しわけ、ございません、でした」

「何を謝ってるんだ？」

　突然の謝罪に、オレは首を傾げる。

　シオンが何を考えているのか分からない、と全力で惚けてみたが、通じなかったらしい。彼女は沈痛な面持ちのまま、首を横に振る。

「今日のデー……お出かけが、私を励ますためだったことは理解しています」

　まぁ、露骨な誘い方したから、察して当然だよな。

　シオンの言う通り、意気消沈した彼女を元気づけるために、オレは今回のデートに連れ出した。直前までは上手くいったと考えていたけど、今の様子を見るに、不十分だったかな？

「ゼクスさまとのデー……お出かけは、とても楽しかったですし、私の心を晴れやかにしてくれました。それは間違いありません」

　顔に出ていたのか、シオンはそうフォローを口にし、話を続ける。

「そのうえで、昨日の――いえ、これまでの背信を謝罪したいのです」

「背信、ねぇ」

　物騒な言葉を口の中で転がす。

　カーティスが城に滞在してからは、諜報員に城内の情報を逐一報告させている。その中に、シオンの裏切り行為は存在しなかったはず。すべてを完璧に把握しているとは断言できないけど、それでも、彼女の背信は信じ難い内容だった。

とはいえ、戯言だと切って捨てるには、あまりに重大すぎる話。詳しく聞き出す必要があった。

オレはシオンを真っすぐ見つめて問う。

「どういうことか、話してくれ」

「はい」

対する彼女も視線を返し、語り始める。シオン・シュヒラ・クロミスの、誰からも望まれなかった半生を。

○●○●○

聖王国の暗部には、百年前からエルフで構成された諜報部隊が存在した。シオンの代の二つ前、祖父から仕えているという。

エルフとは犬猿の仲である聖王国が、どうして彼らを従えているのか。それはお互いに理由が存在した。

聖王国側は、当時台頭してきた帝国に対抗するためである。実力主義を掲げる帝国の力は計り知れず、かの国に呑まれないよう、学園制度をはじめとする様々な制度を打ち立てていた。その一環として、人間よりも魔法に優れたエルフを身内へ引き入れたんだ。

エルフ側の理由は、祖国である森国に彼らの居場所がなくなってしまったから。というのも、森国の貴族だった彼らは政争に敗北し、冤罪を吹っかけられてしまったんだ。そのせいで、一族全員で国外に逃げ出すしかなくなり、安住の地を求めて聖王国の傘下に加入したわけである。

つまり、両者の利害が一致したからこそ、聖王国とシオンの一族は手を組んでいた。シオン曰く、『祖父や父の世代は聖王家に多大な恩義を感じている』ので、単純な利害関係とは言えないかもしれないが。

そんな家系に生まれたシオンは、物心ついた頃からスパイの訓練を受けていた。情報収集の技術やそれらを理解するための高度な勉学、万が一に備えた戦闘訓練。ありとあらゆる状況に対応できる情操教育を施された。

ただ、彼女の立場は些か複雑だった。何せ、当主の妾の子だったんだ。当主の子どもなら優秀に違いないとプレッシャーをかけられる一方、正妻側からは相当疎んじられていたという。陰湿なイジメも受けていたとか。

決して良い環境とは言えない場所にもかかわらず、シオンは腐らず努力し続けた。母を早くに亡くし、もう父の下しか居場所がなかったこともあり、彼らに認められるよう必死に訓練した。

しかし、現実は残酷だった。

知っての通り、シオンはドジである。いくら数多の技術を高水準で修めても、肝心なところでミスをしてしまう。そのせいで、彼女は一族から落ちこぼれのレッテルを貼られた。どうしようもない不出来な子として扱われた。

所詮は妾の子と後ろ指を差される毎日。それでも、シオンは努力するしかなかった。逃げる場所なんて存在しなかったゆえに。彼女は、一族以外に身を置けるところを知らなかったんだ。

初任務でフォラナーダを訪れた当時は、かなり張り切っていたらしい。このチャンスをモノにすれば、みんなを見返せると気合を入れていたんだとか。

……まぁ、結果はご覧のありさまだけど、そこは置いておこう。重要なのは、シオンと彼女の本家の関係が良好ではないという事実である。

そして、その本家というのが、サウェード子爵家だった。

「カーティス・フォルテス・ユ・タン・サウェードは、私の腹違いの兄です」

シオンは明かした。

エルフは二百年前後の寿命と百五十まで保たれる若さを誇るため、正体がバレないように【偽装】で姿を偽っているんだとか。老いの演出はもちろん、別人と偽って世代交代したと見せかける場合もあるらしい。

彼があの魔法を使っている理由が、ようやく判明した。ちなみに、全身を【偽装】しているのは、その方が調整しやすいからだ。

前述した通り、正妻側――サウェード家はシオンの存在を疎んでいる。そのためか、フォラナーダに到着して早々、カーティスは彼女に接触してきたらしい。そんな報告は受けていないが、廊下ですれ違う際に手紙を渡されたという。

内容はシオンの力不足を糾弾するもの、情報収集に協力しろという命令、あとは罵詈雑言だった。

それに対し、シオンは震えるしかなかった。フォラナーダに来る前のイジメやイビリを思い出し、彼女は強烈な恐怖を感じてしまったんだ。それこそ、布団に包まって現実逃避をしたくなるほどに。

ただ、彼女の立場上、それは許されない。必死に恐怖を押し殺し、その後も通常業務を続けた。

幸い、仕事中はそのことを忘れられたようで、支障はなかったらしい。

オレやカロンが心配していたのは、この頃のシオンだな。ボーッとしていたのは無自覚だったみたいだ。

シオンは肩を震わせながら、深く深く頭を下げる。ベンチに手を付け、土下座に迫る勢いで頭を垂れた。

「口頭での謝罪では不十分なのは理解しております。ですが、それでも謝らせてください。重要な内容を秘していたこと、誠に申しわけございませんでした」

「……」

オレは、黙って彼女の後頭部を見つめる。

『オレたちの関係は、オレやカロンの秘密を守る程度のものだろう』なんて言えなかった。そういう空気ではなかったし、オレ自身も僅かにショックを受けていたから。

一分、二分、三分と、たっぷり思考に時間を費やした。その間、シオンは頭を下げたままだった。

五分を過ぎた辺りで、一つの質問をオレは投じる。

「昨日の一件は、どういう経緯で発生したんだ？」

どうにも話が繋がらない。シオンがカーティスから協力を命じられていたのは事実として。それなら何故、籠絡した使用人を通じて、彼女を食堂に誘導したのか。協力関係なら、普通に呼び出せば良い。

また、昨日のカーティスとシオンの様子は、どう考えても協力関係には見えなかった。シオンがカーティスに恐怖心を抱いていたとしても、あの態度は不自然すぎた。

「……あれは、カーティスさまが私に再度協力を命じられ、それを私が渋ったせいで発生した事態です」

どこか躊躇いを含んだ調子で、シオンは答えた。

オレは首を傾げる。

「再度ってことは、それまで一切協力してなかったのか？」

「はい。返答はせず、彼との接触も避けていました」

「どうして？」

話の流れから、シオンはカーティスに情報を流していると思い込んでいた。幼少時のトラウマを植えつけた人物だし、彼女の王宮への忠誠心は高かったはず。加えて、彼女の悪癖を考慮すると、命令に従わない理由はなさそうだった。

「それは……」

シオンは、先程以上の躊躇を見せる。できれば語りたくないという心情が透けて見えた。

しかし、それを許せる内容ではない。オレは念を押す。

「教えてくれ、シオン」

ジッと彼女の瞳を見据え続ける。

程なくして、シオンは諦観を湛えた息を吐いた。

「私は〝甘い〟エルフです。卑怯者なのですよ」

甘い、か。

かつて、オレがシオンを評した言葉だった。そして、克服してほしいとも助言した。

頭を下げている彼女の表情は窺い知れないけど、おそらく自嘲気味な笑みを浮かべていると思われる。

「カーティスさまと出会って、ゼクスさまの仰っていた意味が真に理解できました。私は確かに甘いです。自分に酷く甘い。他人を慮っていると見せかけて、その実、自分を甘やかしているにすぎませんでした」

彼女は、ベンチに置いていた手を強く握り締める。

「カーティスさまの命を受けた際、私はこう思ってしまったのです。『自分がつらい目に遭わないためには、裏切るしかない』と。この思考に気づいた時、愕然(がくぜん)としてしまいました。私は何て意地汚いのかと嫌悪しました。それから理解しました。私が今まで優しさだと思っていた行動は、すべて甘さだったと。ゼクスさまとの契約を良しとしていたのは、私が子どもを殺(あや)めたくなかったから。スリの少女を許したのは、私が彼女の人生に影響を与えるという責任を負いたくなかったから。あの時もそう――」

つらつらと、シオンは今までの行動を振り返っていく。その声は震えており、嫌悪を湛えていた。

「でもッ！」

彼女は声を張り上げる。

「でも、そんな卑怯な自分のままではいたくなかった。今度こそは、誰かのための優しさを見せたかったッ！」

「だから、カーティスの命令を無視したのか？」

オレが問うと、シオンは顔を少し上げ、苦笑いを浮かべる。

「はい。何を大事にしたいのかと自問した時、思い浮かんだのはフォラナーダでの日常でしたから。結局、彼に抱く恐怖のせいで、中途半端な行動になってしまいましたけれどね。本当にゼクスさま方のためを思うなら、すべてを打ち明けるべきでした」

否定はしない。シオンの抱えていた情報があったら、もっと具体的な対策を練れたはずだ。中途半端という評価は正しい。

だが、

「シオンは、実家よりもオレたちを選んでくれたんだな」

オレたちか王宮派か。どちらかの利を選択しなくてはいけない状況で、彼女は前者を取った。その事実は、素直に嬉しかった。オレが楽しんでいた日々を、シオンも同じく楽しんでくれていたことは、とても喜ばしかった。

オレはシオンの肩に両手を置き、瞳を覗く。涙を堪えているのか、彼女の翠色の目は、ウルウルと揺らめいていた。

「シオン。キミとは契約を結んでる。発端は、こちらからの脅しだったかもしれない。でも、オレはキミのことを家族のように想ってるんだよ」

「え?」

「疑いようもなく、シオンは甘い。それを克服してほしいとも以前に伝えた。ただ、こうも言ったはずだよ。『キミの甘いところは嫌いじゃない』って」

「ッ」

シオンは目を見開き、オレに視線を合わせた。

オレは頬笑み、続ける。

「オレはシオンのことが好きだよ。ゼクス(オレ)の人生の半分以上を一緒にすごしてるんだからな。もはや家族といってても過言ではないだろう？　それとも、オレの片思いだったかな？」

「い、いえ、決して、そんなことはありません！　私も、ゼクスさまをお慕い申しておりますッ」

最後、オレが茶化し気味に尋ねると、彼女は顔を真っ赤にして慌てた。そこに、先までの悲痛な様子は含まれていない。すっかり、オレのペースに呑まれていた。

「じゃあ、両思いになった記念に、サウェードの秘密を黙っていた件は不問としよう」

「えっ、それは――」

「皆まで言うな」

「ですが、それでは周りに示しがつきません」

お堅いシオンならではの反論だった。

オレは肩を竦(すく)める。

「このことを知るのは、オレとシオンの二人だけ。オレたちが黙ってれば問題ないぞ」

「ですが……」

なおも言い募ろうとするシオン。

自らを追い詰める意見を述べる彼女は、自身の甘さを乗り越えつつあるのかもしれない。

「いいや、もう決定だ。反論は認めない」

「そんな横暴な」

「そうだよ、オレは横暴なんだ」

呆れ返る彼女に、開き直るオレ。

横暴ついでに、オレは一つのアイディアを口にした。

「じゃあ、罰の代わりに約束してもらおうかな」

「約束、ですか?」

「今後もオレを支えてくれるって約束だ」

聖王家への忠誠ではなく、家族としてオレを助けてほしい。そう告げる。

すると、何を勘違いしたのか、シオンは爆発でもしそうなくらい、顔を真っ赤に染めた。

「え、いや、あの、その……」

「言っておくけど、家族って兄妹とか、そういう意味だからな?」

「えっ……わ、分かっていますよ! これからもゼクスさまに助力いたしますともッ」

半眼で指摘すると、彼女は大声で返事をした。本当に理解しているんだろうか?

少し釈然としないものの、もはや意気消沈していたシオンは存在しなかった。この調子なら心配はいらないと思う。

とりあえずの着地点を見出せたことに、オレは安堵の息を漏らすのだった。

Interlude　姉のような（後）

◎月×日

大変不快な教師の存在以外、平穏な日々が続いておりましたが、とても気にかかる一件がありました。お兄さまが奴隷を買われたのです。

狼（おおかみ）の獣人の少女でした。『お兄さまのお役に立てる！』とウキウキ気分で向かったことを後悔するほど、彼女の状態は酷（ひど）かったです。おそらく、私（わたくし）のような光魔法師が治療を行わなければ、長く生きられなかったでしょう。

本当は経過観察なども行いたかったのですが、お兄さまに断られてしまいました。何でも、以前の内乱の被害者らしく、貴族に憎悪を抱いているかもしれないそうです。

あの惨状を目の当たりにしては、納得する他ありません。私（わたくし）は一神派ではありませんが、当事者が冷静に考えられるとは限りませんから。

ただ、一つだけ。

お兄さまと二人きりの時間をすごせるなど、うらやましすぎます。たとえ、冒険者シスとして接するとしても、です。その時間を私（わたくし）に分けてほしい。ぐぬぬ。

あと、本日はもう一つ事件がありました。カーティスがシオンに害をなそうとしたのです。許せません。あの時は、本気で彼を燃やし尽くそうと考えたほどでした。いえ、今でも、あの憎たらしい笑みを殴りたい気分でいっぱいです。

幸い、お兄さまの介入によって、あの場は鎮静化しました。颯爽と現れたお兄さま、とても格好良かったです。ワガママを申すなら、お姫さま抱っこは私がしてほしかったですが。

さて。日記はこれくらいにしておきましょう。明日のデートに向けて、今からシオンと作戦会議をせねばなりません！

◎月△日

お兄さまとシオンがデートをする日。あわよくば尾行しようとも考えましたが、オルカに止められてしまいました。無念です。

ですが、この後、シオンから根掘り葉掘り伺う予定です。何の問題も——

「カロラインさま？」

「ひゃあ!?」

「えっと……大丈夫でしょうか、カロラインさま」

日記を書いている最中、唐突に肩を叩かれた私は、その場で飛び上がってしまいました。はしたないとは理解しておりますが、タイミング的に致し方ありません。

……中身は覗かれていないはず。飛び上がりながらも、日記は頑張って閉じました。

振り向くと、そこには困惑した表情を浮かべるシオンが立っておりました。

「いきなり肩を摑まないでください、シオン。心臓が飛び出るかと思いました」

私が苦言を呈すると、彼女は小さく頭を下げます。

「申しわけございません。いくらお声掛けしても反応がなかったもので」

「……声を掛けていたのですか？」

「はい、何度も。ですが、カロラインさまの作業が終わるのをお待ちするべきでした。申しわけご

「あ、謝らないでください、シオン。そういうことなら、悪いのは私の方です。こちらこそ、申しわけありません！」

「いえいえ。それを言うなら、呼び出しておいて、直前まで作業を続けていた私が悪いです。謝るのは私です」

ざいません」

「いえ、謝罪は妥当かと。こちらの配慮が足りませんでした」

「しかし、使用人として気遣いに欠ける行動は——」

「でしたら、令嬢としても、ホストの意識が欠けていることは——」

「「……」」

両者ともに、紡ぐのは己が悪い理由。何度も繰り返したわけではありませんでしたが、私たちは同時に悟りました。これはいつまで経っても終わらない、と。

無言で見つめ合うこと幾秒か。私が率先して話を逸らしました。

「それでは、お茶会を始めましょうか」

「承知いたしました、準備いたします」

「手伝いますよ。拒否権はありません、私がホストなのですから」

「……承知いたしました」

先回りして発言すると、シオンは渋々ながら首肯します。

先程から何度か申し上げている通り、今から私が主催のお茶会を開きます。参加者は私とシオンの二人のみ。本日のお兄さまとのデートについて、根掘り葉掘り伺うための会です。就寝前の僅かな時間ですが、有意義な一時となるでしょう。

テキパキとお茶を用意した私たちは、席に座りました。当然、シオンも着席させましたよ。今の彼女は使用人ではなく、参加者ですからね。

お茶を一口含んでから、質問を投げかけました。

「本日は楽しめましたか？」

「さ、早速ですね」

こちらの問いに、頬を引きつらせるシオン。

私は肩を竦めます。

「私たちしかいないのに、世間話を挟む理由はありませんから。それに、時間も限られています」

個人的には夜更かししてでも話したいのですが、お兄さまが良しとしません。もし知られたら、お説教をいただいてしまいます。お兄さまと一緒に過ごせる時間が増えるのは嬉しいですが、お説教だけは勘弁願いたいのです。

淡々とこちらの悪い点をあげていくお兄さまの姿を思い出し、私はブルリと身震いしました。

「ゼクスさまの説教は、独特の怖さがありますからね」

私と同様のイメージが浮かんだようで、シオンも乾いた笑声を溢しました。それから、「私も叱られたくはありませんので」と言って、彼女は続けます。

「非常に有意義な時間をいただきました。あのように楽しめたのは久しぶりです」

「詳しく伺っても？」

「はい。まずは商店街を回って――」

今日のできごとを語るシオンは、終始笑顔でした。見ているこちらも笑みが浮かぶほど、全身から〝楽しい〟という感情が溢れ出ていました。そこには、先日まで漂わせていた悲壮感など微塵も感じられません。それどころか、どこか吹っ切れた様子でした。

さすがはお兄さま。たった一度のデートで、シオンの悩みを晴らしてしまったようです。

その事実はとても誇らしく……同時に、少し悔しくもありました。姉に等しいヒトの悩みを、自分の手で解決したかった。そういった考えを、ほんの僅かに抱いておりましたから。

ですが、やはり、誇らしさが一番でしょう。お兄さまの素晴らしさを改めて実感でき、私はとても嬉しく思います。

「ブローチは外しているのですね」

一通りの話を聞き終えた私は、シオンの胸元を確認してから尋ねました。

お兄さまに買っていただいたという片翼のブローチ。しかも、お揃い。喉から手が出るほど欲しくなるアイテムを、今の彼女は身につけておりませんでした。

シオンはそっと胸元に手を当て、答えます。

「普段使いは控えようかと思いまして。何かの拍子に傷ついてしまったら、しばらく立ち直れない気がするのです」

「シオンの宝物というわけですか」

「宝物……はい、その通りです」

私の言葉に対し、彼女はにっこりと笑みを浮かべた。

その笑顔は温かくて、むずがゆくて、ドキドキして、まぶしくて。いつものものとは異なる印象を受けました。

今の私では上手く言葉にできませんが、おそらく、シオンは何か新しいものを得たのでしょう。心の奥にしまい込むには大きすぎる、大切な何かを。

それは非常に喜ばしいことでした。姉といっても過言ではないシオンが、お兄さまといっそう仲良くなってくれて嬉しかった。

もちろん、嫉妬はします。私は自他ともに認めるブラコンですので、私だけのお兄さまであってほしいという感情は存在します。

しかし、それ以上に、お兄さまの周りに笑顔が溢れてほしかった。お兄さまには幸せになってほしかった。

かつて——オルカが義弟になった際は耐え切れなかった、我が身を燃やす嫉妬の感情。ですが、今は余裕をもって受け止められるようになりました。

それはひとえに、お兄さまに抱く愛情が増した結果でしょう。自らの傷よりも、あの方の幸福を優先したい。そう強く願うのです。

「いつか、その宝物を見てみたいですね」

「はい。近いうちにぜひ」

私が笑顔で言うと、シオンも笑顔で返しました。

その後も笑顔で雑談に興じる私たち。楽しい時間が過ぎ去るのは早く、ついつい止め時を失ってしまいます。

申しわけありません、お兄さま。今晩だけは、ほんの少しだけ長い夜となってしまうかもしれません。

Section6　一夜のできごと

シオンとのデートを終えた夜。就寝前に、明日の仕事で必要となる資料に目を通していた際、それは起こった。

「何があった？」

訓練の一環として、小規模ながら常時発動するようになった探知術。それに諜報(ちょうほう)部隊の一人が引っかかった。オレはサイドテーブルに資料を置き、彼の潜んでいる天井裏へ問い掛ける。

諜報員はひらりと天井から舞い降り、目前で跪(ひざまず)いた。それから、慇懃(いんぎん)な態度で報告を始める。

「夜分遅くに失礼いたします。領都内に複数の所属不明の賊が侵入いたしました。総数は二十。そのうちの十五は侵入直後に仕留めましたが、残り五は依然交戦中です」

「賊にしては数が多いな。仕留めた輩(やから)から情報は得られたか？」

いつもの暗殺者なら、多くても片手で数えられる人数で襲撃してくる。また、オレの鍛え上げた部下たちが瞬殺できていないのもおかしい。だいぶキナ臭い案件だな。だからこそ、夜分にもかかわらず、報告に上がったんだろうけども。

「いえ。賊は全員、無力化直後に自爆魔法らしき術で爆死しました。死体の一片も残らず……申しわけございません」

「ケガ人は？」

「戦闘時に軽傷を負った者が数名。被害は軽微です」

「それなら謝罪は不要だ。自爆魔法までこさえるなんて、相手はかなりの手練れと考えて良い。そんな連中の大半を倒したキミらを、責めはしないさ。むしろ、褒めるべきだろう」

並の相手であれば、せいぜい服毒による自害が良いところ。自爆してまで死体を残さないのは相当の訳アリに違いなかった。

「交戦中の相手から、何か判断できないか？」

仕留めた方が無理なら、今も生きている方から情報を得られないだろうか。

そう尋ねると、彼はしばし悩んでから口を開いた。

「私の所感になりますが、近接戦闘よりも魔法戦闘を得手としている雰囲気がありました。それと、体さばきが独特でしたね。……ああ、シオン殿の戦い方に似ておりました」

「――なに？」

諜報員の情報を聞いたオレは、大急ぎで探知術の範囲を拡大した。

まず、天井裏に到着したばかりであろう一人の賊が引っかかるけど、そちらはどうでも良い。手早く魔力の弾丸――【銃撃】で仕留める。

これで探知に集中できると思いきや、何故か天井が爆ぜた。そういえば、賊は自爆するんだったか。急ぎすぎて、すっかり頭から抜けていた。

「曲者（くせもの）!?」

爆発に合わせ、諜報員は即座にオレを護衛できる位置に滑り込んだ。突発的な事態への驚愕（きょうがく）を捻（ね）じ伏せ、主人の身の安全を優先できる辺り、実に優秀だと思う。

本来なら賛辞の言葉でも送るんだけど、今は時間が惜しかった。超特急で範囲を広げた探知術によって、予想通りの最悪な状況が明らかになる。

「チッ」

オレは舌打ちし、【位相連結（ゲート）】を開く。行き先はカロンの私室。

「ゼクスさま!?」

驚く諜報員には悪いが、説明している暇はなかった。もはや、一刻の猶予もない。

間髪を容（い）れず、【位相連結（ゲート）】へと飛び込む。

その先で待っていたのは、視界いっぱいに広がる爆炎だった。


――危なかった。本当に紙一重のタイミングだった。

目前には大規模な爆発、背後には重傷を負ったシオンを抱えるカロン。まさに、最愛の妹と家族に等しい部下の命が散る瀬戸際だった。

この展開を予想していたオレは、冷静に対処する。オレとカロンたちを包むように【位相隠し（カバーテクスチャ）】を発動し、その身を完全に隠蔽した。【異相世界（バウレ・デ・テゾロ）】の未完成版とでも言うべきか。周囲は白く塗り潰され、オレたち三人は世界から隔離された。お陰で、爆炎はオレたちにまで届かない。

あの規模の攻撃だと、おそらくカロンの私室は吹っ飛んでいるだろうが、今はそんなことを気にしている場合ではない。

振り返り、改めてカロンとシオンの様子を確認する。

まずは後者。こちらは際どい状態だ。敵の一撃をまともに食らってしまったらしく、一目で致命傷だと分かる大ケガをしていた。具体的には、背中に三本の深い創傷が刻まれていた。心臓一歩手前といった感じか。砕けた骨まで露出している。

前者は体こそ無傷だけど、精神的にはギリギリだった。シオンにすがりついて大泣きをしている。ごめんなさいと何度も呟（つぶや）いている様子から、シオンの傷はカロンを庇（かば）って負ったものだと察しがついた。

カロンは、光魔法でシオンを癒そうとしている。——が、何度繰り返しても成功しない。

魔法はイメージ、精神と強く結びついている。動揺が激しい今の彼女では、上手（うま）く魔法を発動できなくて当然だった。しかも、もたもたしている間にもシオンの命の灯火（ともしび）は弱まっていき、それを受けて余計に焦る。そんな悪循環に陥っていた。

もっと凄惨な現場を、カロンは目にしてきたはずだ。ビャクダイ領での内乱しかり、教会の手伝いの時だって重傷の急患はいた。

それなのに、こうも混乱してしまっているのは、命の危機に瀕(ひん)しているのがシオンだからだと思われる。自分と近しい者が死にかけている状況に、彼女は慣れていなかったんだ。心構えができていなかった。ゆえに、平静を保てない。

これはオレの責任でもあるな。しょっちゅう危険に身を投じているものの、いつも無事に帰ってくるため、心のどこかで『身内は危機に瀕しない』なんて幻想を抱いてしまっていたんだろう。きちんと言い聞かせておくべきだった。

とはいえ、悔やんでも時間は戻らない。シオンが危篤状態である以上、一秒も無駄にはできない。

「カロン」

「お、お兄さま?」

オレはカロンの前に膝を突き、目を合わせる。

オレの存在にも気づかないほど混乱していたようで、カロンは目を丸くした。だが、その停滞も一瞬である。すぐに、彼女の心は激しく揺れ始める。

「お、おお兄さま、し、シオンが、シオンが……」

紅(あか)い瞳にたっぷりの涙を溜(た)め込み、声を震わせるカロン。

オレはそんな彼女の両肩を掴(つか)み、ゆっくりと諭した。

「落ち着くんだ、カロン。まずはシオンを治療しよう。キミの魔法なら、それができる」

「だ、ダメなのです、お兄さま。わ、私、全然魔法が発動できなくて……このようなこと初めてで……い、急がないとシオンが死んでしまうのに」

しかし、彼女は力なく首を横に振る。無力感を吐露するだけだった。

カロンにバレないよう、静かに奥歯を噛みしめる。ここまでカロンの心を追い詰め、シオンを害した敵への怒り——ひいては、それらを未然に防げなかった自分自身への怒りが沸々と湧いてくる。

ただ、それを発露させる時は、今ではない。今は、初めての挫折を味わうカロンを、いち早く立ち直らせなければならなかった。

本当なら、じっくり優しく諭してやりたい。でも、そこまでの猶予はないんだ。現在展開中の【異相世界】は未完成のため、数分で崩壊してしまう。安全にシオンを治療したり腰を据えて話す機会は、今しかなかった。

オレは心を鬼にして、カロンを見据える。

力強いオレの眼差しを受け、彼女はビクッと肩を震わせた。

「カロン、深呼吸だ」

「お、お兄さま？」

「深呼吸だ」

「でも……」

「深呼吸をするんだ。ほら、吸って」

「……」

頑(かたく)なオレの態度に、カロンは観念する。困惑しながらも、おもむろに息を吸い始めた。

「上手く呼吸しようなんて考えなくていい。自分に可能な範囲で息を吸って、吐け」

ぎこちなく呼吸を繰り返す彼女。ただ、次第にその硬さは解(ほぐ)れていった。同時に、顔に浮かんでいた悲痛さも弱まっていく。

深呼吸の効果——だけではない。それはキッカケにすぎず、実は精神魔法の【平静(カーム)】を発動していた。

何故最初から使わなかったかというと、混乱しているカロンに使っても無意味だと判断したからだ。

オレの精神魔法は一時的な効力しかないうえ、当人の精神状態によって効果時間が左右されるんだ。つまり、感情の根本を取り除かなければ、再び元の状態に戻ってしまうのである。戦闘中ならともかく、今回のような状況では使い勝手が悪い。

だから、言葉と深呼吸を用いて緊張を解した。お陰で、【平静(カーム)】は十全に働いた様子。

「じゃあ、シオンに魔法を」

「は、はい」

「大丈夫。ゆっくり手順通りやればいい」

オレの言葉に頷(うなず)き、カロンはシオンへ手をかざす。「【快癒(エクストラヒール)】」の文言とともに、柔らかい光が周囲を満たした。

　間違いなく、カロンの魔法は発動した。即座に完治しない辺り、本調子とは言い難いかもしれないが、それは大きな一歩だった。

　一分ほど経って光が収まる。シオンのケガはキレイさっぱり消えていた。彼女の命の危機は去ったんだ。

　それを認めたカロンは、再び涙を流し始める。

「うううぅぅ、良かったです。本当に……本当に……」

　シオンの無事を確認し、緊張の糸が解けてしまったようだ。ほろほろと泣き続ける。

　かくいうオレも、少し肩の力が抜けた。オレだってシオンを心配していたんだ、慌てふためく余裕さえなかったというだけで。

　そして、ちょうど良いタイミングで【異相世界(バウレ・デ・テゾロ)】が崩壊する。ガラスが割れた風な音が響き、周りは元の風景に戻っていく。

　元々カロンの私室だったはずの場所は、凄惨たるありさまだった。室内は炎に包まれており、天井や四方を囲っていた壁はことごとく崩れている。廃墟と言われても信じられるくらいだ。

　敵の影はなかった。探知した限り、領都からも脱出している。強襲の失敗を悟り、疾く離脱したらしい。チッ、逃げ足の早い奴め。

　内心で苦々しく思っていると、オレたちへ声を掛ける者がいた。

「ゼクス兄！　カロンちゃん！　シオン姉！」

炎なんて知らぬと言わんばかりに駆け寄ってくるのはオルカだった。彼は、焦燥感と安堵を綯い交ぜにした表情を浮かべている。

ちなみに、彼一人ではなく、後ろには護衛であろう騎士が数名侍っていた。急に走り出した彼を、慌てて追ってくる。

オレたちの傍まで来ると、オルカは頬を膨らませた。

「姿が見えないから心配したんだよ！　魔道具で連絡取ろうとしても、全然出てくれないし！」

ぷんぷんという擬態語が相応しい、可愛らしい怒り方だった。まったく怖くないんだけど、本人には言わない方が良いだろう。

尖っていた空気が丸くなった気がした。うん、気を張りすぎていたな。オルカには感謝だ。

「すまない。こっちも色々あって、【念話】に出る暇がなかったんだ」

「むぅ。三人の様子的に本当のことっぽいけど、今度からは気をつけてよ？　カロンちゃんの部屋は爆発するし、三人の姿は見えないし、そうしたら賊の侵入があったって聞かされるし。すっごく心配だったんだから」

「うっ、本当にごめん」

彼の瞳が潤み始めた。致し方のない状況だったとはいえ、すごく罪悪感を覚える。

オレの謝罪を聞いたオルカは、ハァと溜息を一つ吐いてから言った。

「ここに留まるのは危ないし、一旦移動しよう」

オルカの言うことはもっともだったので、オレたちは執務室に移動する。

ただ、カロンとシオンは医務室へ向かった。光魔法によってケガは治ったとはいえ、ダメージを負った時のショックのせいか、シオンはまだ目を覚ましていなかったんだ。安静にする必要があるだろう。カロンは付き添いである。

「それで、何があったの？」

一息置いてから、オルカが問うてきた。

「その前に、現状を確認したい」

効率的に伝達を行うため、オレが離脱した後の情報を得たかった。

一つ一つ状況を詰めていこうと考えていたところ、オルカは小気味好く返答する。

「領都内に侵入した賊二十人は全員倒したよ、もれなく自爆したけどね。あと、ゼクス兄の部屋の天井裏に忍び込んでた一人の死亡も確認された。他の侵入者は、ボクの探知できる範囲にはナシ。これは今さっき探知したばかりの最新情報ね。城の物的損壊は、カロンちゃんの部屋とゼクス兄の部屋の天井のみ。負傷者は複数人いるけど、みんな軽傷。……最後に、カーティスが行方不明って報告を受けてる。事前につけてた監視は、魔法によるダミーを掴まされてたみたい。いつから自由に動けてたのかは分からない」

「……驚いたな、ここまで正確に情報をまとめてたのか」

オレの不在は十分もなかった。それなのに、知りたかった情報をすべて整理しているとは思わなかった。義弟の優秀さに感嘆する。

オルカは自慢げに胸を張った。耳もピコピコと動く。

「ふふん、これくらいは朝飯前だよ」

「最近は勉強を頑張ってたもんな。ありがとう」

「あっ……知ってたんだ」

オレの称賛に、少し意表を突かれた風な顔をするオルカ。

最近、実兄の下で政治などを勉強していることは、当然耳に入っている。動機が、オレの役に立ちたいからだということも。健気（けなげ）な義弟には、感謝してもし切れないよ。

もちろん知っていると答えると、オルカは「そっか」と照れたように頬を掻（か）いた。尻尾がブンブン揺れているので、とても嬉（うれ）しかったのだと分かる。

ほんわかした空気が流れる中、気持ちを改めるよう、コホンと咳（せき）をするオルカ。

「ゼクス兄（にい）。そろそろ、そっちで何があったのか教えて？」

「そうだな……」

オレは経緯を説明した。といっても、そう長い話ではない。諜報員から賊の侵入を知らされたこと。その話から嫌な予感を覚え、探知術を展開。自分の下に来ていた侵入者とカロンの危機を察知し、急いで対処したこと。

話を聞き終えたオルカは、眉間にシワを寄せた。

「二十名の侵入者は全部囮で、本命はゼクス兄とカロンちゃんの暗殺だったんだね。どうりで規模の大きい急襲だったわけだよ」

そう。今回の事件は、囮作戦だったんだ。大人数の賊は全部デコイ。オレとカロンの命を奪うことこそが真の目的だったと予想できた。

オレがいち早く気がついたのは、諜報員から賊の特徴を聞いた時だった。シオンに似た戦い方をし、死体を残さないよう自爆する。そこまで聞いて、敵はエルフなのでは？　と疑ったんだ。同門のエルフならば、戦い方が同じ理由も、死体を残せない理由も説明がつく。

大雑把な推論だったが、取っ掛かりとしては十分だった。賊がエルフならば、黒幕はカーティスと判断できる。ゆえに、探知術で彼の居場所を探ろうとしたわけだ。

そうしたら、奴はカロンの私室にいたではないか。おまけに、オレの方にも賊がいたし。

あとは知っての通り。こちらに来ていた賊を瞬殺し、カロンたちの私室へ急行したのである。

「古典的な作戦なのに、見事に引っかかった」

いや、古典的だからこそか。何度も使われながらも淘汰されなかったのは、それだけ有効な代物だからだ。

カーティスはカロンが厳重に護衛されていることと、自身が強く警戒されていることを承知していたんだろう。ゆえに、特攻隊を派遣した。自分が忍び込めるレベルまで、それらを緩めるように。

いくらカロンやシオンが強くても、不意打ちされては元も子もない。特に、カロンは子どもなので、その辺りの経験が浅いからな。そう考えると、真っ先にシオンを潰した手際は嫌らしい。

オルカは口元に手を当て、怪訝そうに言う。

「でも、どうして強硬手段に及んだんだろう。あっちの目的はフォラナーダの情報収集だったんだよね？」

「たぶん、最初から暗殺も視野に入れてたんだと思う」

対し、オレは当初の考えを真っ向から否定した。

オルカは瞠目する。

「どうして？　最近のフォラナーダは波に乗ってるけど、情報操作してるから、王宮派が危険視するほどじゃないはずだよ。それに、カロンちゃんは希少な光魔法師だし」

彼の反論は当然だった。王宮側に、オレやカロンを殺す動機はなさそうに思える。

しかし、これまでの情報を加味すると、暗殺は既定路線だったとしか考えられなかった。

そう結論づけるだけの根拠はある。主に二つだ。

「まず、今回に限っては、カロンの光魔法師という要素は抑止力たり得ない」

「どうして？」

「すでに、王宮派は光魔法師を手中に収めているからだよ。無論、数が大いに越したことはないけど、脅威になるくらいなら始末するだろうさ」

光魔法師がカロンしかいないのであれば、死に物狂いで生け捕りを目指すかもしれないが、実際は違う。それが、王宮派の選択肢を悪い意味で増やしていた。

「一人でもいるのといないのは、全然違うもんね」

オルカは頭が良い。しっかりと説明したわけでもないのに、すべてを理解した雰囲気があった。

話が早いのは助かる。オレは「もう一つの根拠は」と続ける。

「二十もの囮部隊が現れたことだな。オルカも知ってるとは思うけど、フォラナーダ領の各地には通信妨害の魔道具が置いてある」

妨害魔道具はかなり強力で、未登録の通信機は使い物にならない。カーティス自身が領外へ出ることは疎か、彼の手下の脱出さえも防いでいる。外部との連絡は取れなかったに違いない。

つまり――

「そっか。連絡が取れないってことは、応援は呼べない。だから、あの囮部隊は前々から用意されてた可能性が高いんだね」

「おそらく、な。既存の魔法以外の通信方法があるなら話は別だけど、普通の手しか講じていないのであれば、事前に用意していた部隊だ」

「でも、そんな部隊が領都に潜伏してたら、さすがに感づくんじゃゃ?」

「侵入者は領都の出入り口付近で交戦してた。ということは、作戦決行直前までは、領都外のどこかに潜んでたんだと思う。もしかしたら、ずっと野外にいたのかも」

「えぇえ、カーティスが来てから二ヶ月も？」

「相手はプロだからな。普通は無理でも、やり通すと思うぞ。少なくとも、通信妨害を回避した可能性よりも高い」

信じられないといった風に驚いているオルカだけど、オレは納得していた。何せ、捕まる前に自爆する連中だ。二ヶ月の野宿程度は平然とやり遂げるだろうさ。

オルカは困惑しながら尋ねてくる。

「暗殺が予定通りだったとして。なら、どうして、このタイミングで踏み切ったのかな？　希少な光魔法師を失ってもいいと判断したキッカケがあったはずでしょう？」

「そうだな。王宮派の手には負えないと思われた何かがあったのは間違いないけど……ごめん、そこまでは分からない」

さすがのオレでも、カーティスの思慮までは読めない。キッカケらしいできごとにも、心当たりはなかった。

オルカは苦笑を溢した。

「結果から推察するしかないもんね。こうなると、カーティスを取り逃がしたのは痛いよ。王宮側から何て抗議されることやら」

カーティスが持ち帰っただろう情報から、どのような展開が待ち受けているか。彼はその辺りの未来を計算しているようだった。うへぇと呟きながら、頭を抱えている。

それに対し、オレはキョトンと首を傾げた。

「何を言ってるんだ、オルカ。まだカーティスは取り逃がしてないぞ」

「へ？」

今度は、オルカが呆けた表情を浮かべた。

「でも、ボクの探知魔法には反応ないけど……」

「オレの探知には、しっかりカーティスの影を捉えてるよ。あいつは、熱や振動、光といった反応を隠す魔法を使ってるらしい。だから、属性魔法の探知には引っかからないんだと思う」

火魔法は熱感知、土魔法は振動感知といった風に、それぞれの属性に合わせた探知方法がある。

王宮のスパイであるカーティスは、汎用探知魔法の対策を熟知していたわけだ。

だが、オレの探知術は魔力に依る術。魔法での誤魔化しなんて格好のカモだった。

「領都から少し離れた森の中にいるみたいだ。……へぇ、これは……なるほど、そういうことか」

ちょうど今、探知の反応から、カーティスが妙な仕掛けを施していることに気づいた。今までの情報も考慮すると、そこからとある推測がつく。

「な、何かあったの？」

思わず頬が緩むと、何故かオルカは動揺していた。

どうしたんだろうと不思議に思いつつ、オレは答える。

「いやなに。オレの家族を傷つけた代償を払わせる、いい計画を思いついたんだよ」

向こうがそういう手を使うのであれば、こちらだって自重はしない。完膚なきまでに叩きのめしてやる。お前はオレの逆鱗に触れたんだからな。

「クックックックックッ」

「あわわわ」

事件の幕引きは、すぐそこに迫っていた。

○●○●○

ヒトどころか虫までも寝静まる深更。曇天ゆえに、星明り一つ届かない闇の中。眠りに落ちた城下町が眼下に広がる。

オレは今、領都の城壁の上に立っていた。これから襲来するカーティスの仕掛けを、徹底的に叩き潰すためである。

逃亡後のカーティスが何をしていたのか。それは、魔獣のスタンピードの人為的発生だった。奴は、約五万の魔獣をこの領都にぶつけようとしているんだ。

魔獣は、ことごとく人類の敵で間違いない。本来なら、思い通りに魔獣を操ることなんてできるはずがなかった。

ところが、カーティスはそれを達成する手段を有していた。

はたしてその方法とは、精神魔法である。否、〝精神魔法の足掛かりとなる術〟と表現するのが的確かな。

彼は、魔力の『精神への干渉力が高い』という特性を見出し、催眠に応用する術を開発したようだ。火魔法の明滅で視覚に訴え、土魔法の振動で触覚に訴え、風魔法の音で聴覚に訴え、水魔法の味で味覚に訴える。普通なら相当な時間を要する催眠術の工程を、魔法を代用することによって短縮したんだ。

真の精神魔法よりも数段効果量は落ちるし、手間もかかる。加えて、スパイ中に使わなかった様子から、人間などの自我を持つ対象には効果が薄いと予想できる。かなり使い勝手の悪い術だ。

しかし、精神魔法の存在が知られていない現状、この発明は画期的だった。天才と持てはやされているのは伊達ではなかったらしい。おそらく、カーティスの研究が発展した結果が将来における精神魔法の示唆に繋がるのだと思う。

そんな催眠術を使い、カーティスは魔獣の群れをフォラナーダ領都にけしかけようとしていた。

それによって暗殺の失敗を帳消しに――いや、違うか。暗殺に成功しようがしまいが、領都を襲わせる気だったんだろう。対外的には『ゼクスとカロンの両名は魔獣の群れに殺された』としたかったんだと思われる。いくら魔力を応用した催眠でも、五万の魔獣を用意するには相応の時間が必要となるはずだもの。

——本当に下らない。

何を原動力にして、ここまでの所業を為して(な)いるのか分からない。知りたくもない。だが、カーティスがオレの家族を、オレのすべてを奪おうとしているのは確かだった。

多少の無礼は目をつむるつもりだったが、もはや容赦はしない。大切なものを守るため、オレの全力をもって敵対者の思惑を潰してやる。

「お兄さま、見えました」

沸々と再燃した怒りに拳を握り締めていると、カロンから声が掛かった。

彼女はオレの隣にいた。シオンを医務室に送り届けた後、一緒に前線へ出たいと願い出てきたんだ。

本音を言うと、安全な後方で待機してほしかった。いざという時に光魔法師のカロンが活躍できる場所は、間違いなく後方の避難所や治療施設である。それに、オレが前線で戦うので、戦力は間に合っている。

しかし、拒絶はできなかった。オレがシスコンだからではない。カロンの瞳に強い意志を感じたからだった。

カロンは心の底に憤怒を抱いていた。オレと同等か、それ以上の感情を湛えていた。それだけ、彼女にとってシオンは大切だったということ。ずっと一緒にすごしてきた彼女を、オレと同じくらい家族だと認識していたんだ。

〝大切〟を傷つけられて平然としていられるほど、カロンはお人好しではなかった。

また、感情の矛先を見る限り、守られることしかできなかった自分に対する怒りも含まれている様子。敵だけではなく自らも責めてしまう辺り、オレの妹なんだなと苦笑いしてしまう。変なところが似たものだ。

そして、カロンは言った。

「お兄さまの邪魔はいたしません。どうか、今回の結末を私に見届けさせてください」

これを聞き、オレは彼女の同行を許した。憤怒や復讐心に囚われているわけでも、自棄を起こしているわけでもないと確信したゆえに、余計な心配を抱く必要はないと踏んだ。

まぁ、計画通りに物事が進めば、カロンに危険が及ぶことはない。何かしてもらうにしても、本当に最後の方。今は悠然と隣に立っていてもらおう。

「さすがに多いな」

カロンの言葉を受け、地平線へ目を向ける。

魔獣の大群が跋扈していた。有象無象の獣たちが隊列を組んで行進するさまは、異様と表現する他ない。アレが領都に直撃したら、なす術なく町は崩壊する。

不幸中の幸いなのは、途中に人里が存在しなかったことか。避難誘導の手間を省けたのは良かった。

距離的に、そろそろ群れの歩く振動が届く頃かな。領都民たちに気づかれる前に、終わらせてしまおう。彼らに、いらぬ不安を抱かせたくはない。

「始めるぞ」

「はい」

カロンへ声を掛け、オレは【偽装】によってシスの姿を身にまとう。これから相当派手なことをやるため、功績や責任等はシスに押しつけてしまう算段だった。

ちなみに、今までは【位相隠し(カバーテクスチャ)】で姿を消していたので、万が一にも正体が露見することはない。

隠蔽を捨て、いよいよスタンピードの対処に乗り出す。

オレは、これ見よがしに両腕を天にかざした。

「星よ、落ちろ！」

簡素なセリフを放った直後。黒く染まっていた空が、一瞬にして燦然(さんぜん)と輝きだした。一面に雲が広がっているにもかかわらず、それらの障害を突き抜けて、大地に光が降り注ぐ。まるで、向こう側に太陽が存在するかのように。

当然、太陽などではない。天上から光る何かが落下してきているんだ。雲の先から、輝く何かが降り注ごうとしていた。

程なくして、光源の正体があらわになる。ゴゴゴゴという重低音とともに、雲海を斬り裂いて数多の塊が出現する。

もし、この場に第三者がいたとすれば、落下してきたそれを見て、隕石だと指摘するだろう。空から降る目測十メートルほどの光塊は、それほどまでに強烈な印象を与えるはずだ。

実際、魔獣の倒し方の詳細までは聞いていないカロンは、ポッカーンと可愛いお口を開きっ放しにしている。

まぁ、隕石でも何でもないんだけどね、あれは。

ネタバラシをすると、あの光塊は魔力の塊――【銃撃】である。サイズが全然違うって？　調整できるんだよ。逆に、目に見えないくらい小さくもできるぞ。

魔力効率が極端に悪くなるので、基本的には銃弾程度の大きさで運用するんだが、こういった大規模殲滅戦の場合は役に立つ。あえて命名するなら【星】かな。

オレたちが見守る間に、幾百の【星】が魔獣の大群を襲った。

十メートル大の魔力塊が間断なく地に落ちる。無論、実体化しているので、質量は見た目通り。衝突時の威力は計り知れず、数キロメートル離れている領都にまで轟音が響き渡っていた。

あまりの衝撃に、住民たちも何ごとかと起床し始めたよう。城下町はにわかに騒がしくなった。

とはいえ、彼らが城壁の外を見る頃には、すべては終わっている。不安を抱く時間は一秒もなく、スタンピードの痕跡のみ目撃するんだ。

魔獣たちの断末魔さえ【星】が掻き消し、一方的な蹂躙劇が続いた。

領都滅亡という悲劇は、僅か十分で敵勢力が死に絶える喜劇へと変わるのだった。


スタンピードが殲滅された地点から三キロメートル離れた場所。草木の生い茂る森の奥深くを、カーティスは全力疾走していた。

今は【偽装】を解除しているようで、エルフ特有の尖った耳と目つきの悪い顔が露見している。

本当の顔はこんな感じなのか。他人と交流するなら、確かにこの顔では意地の悪い印象を与えすぎる。【偽装】を施す判断だけは間違っていなかったな。

カーティスの表情は、この世の終わりとでも言わんばかりに青ざめていた。加えて、「そんなバカなそんなバカな」と繰り返し呟いている。正気を失った危険人物のようだった。

彼の前に、オレとカロンは揃って姿を見せる。

オレたちの姿を認めたカーティスは、瞠目して立ち止まった。

「な、なんで」

スタンピードが吹き飛ばされる様子を観察していたようで、彼は激しく狼狽する。オレは冒険者シスに【偽装】していたはずだけど……まぁ、現状は正体を明かしているも同然か。畏怖するのも当たり前と言えた。

「そりゃ、落とし前をつけにきたんだよ」

「逃がしませんよ」

オレとカロンは冷たい言葉を吐く。こいつに掛ける慈悲は微塵もない。

こちらの意気込みを悟ったのか、カーティスは酷く慌てる。

「ま、待ってください。私に手を出したら、王宮派はフォラナーダを不審に思うでしょう。今までの行動からして、それはあなた方の本意ではないはずです。聖王家に絶対の忠誠を誓ってください。そうすれば、私が口添えをして、今後は余計な被害が及ばないように手配しますから！」

「「……」」

オレとカロンは、思わず顔を見合わせた。彼女は呆れ返った表情を浮かべている。オレも同様だ。この期に及んで、こいつは何てトンチンカンな発言をしているんだか。一方的に襲いかかってきておいて、上から目線で『忠誠を誓えば許してやる』なんて、交渉が下手くそすぎる。

許す許さないは別として、まずは今回の一件に対して頭を下げるのが筋だ。それを経て初めて対等な話し合いに発展する。

保証するのが『余計な被害の回避』、つまりは最低限の保護というのも頂けない。交渉したいのなら、絶対的な保護を約束してほしいものだ。

そも、こんな情けない輩が、大それた約束を交わせる権限を持っているわけがないか。これは、ただの命乞いだ。

オレたちは溜息を吐き、一歩踏み出す。

すると、彼は再び吠えた。

「そ、そもそも、今回の襲撃は色なし、あなたに責任の一端があるんですよ！」

「オレ？」

予想外の指摘に、オレは呆ける。

暗殺計画の原因がオレ？　確かにオレにも刺客は送られていたし、色々心当たりはあるけど、こいつに重要な情報が漏れた形跡はなかった。何が引き金だったんだ？

訝しみながら、向こうの話に耳を傾ける。

「あなたは危険すぎます。フォラナーダの実権を握り、隣のカロライン殿を筆頭に、多くの者から慕われている。何かと不遇に扱われている色なしが、です。いつ現状に嫌気が差し、聖王国に反旗を翻すか分かったものではありません！　あなたが反乱を起こせば、カロライン殿などの優秀な人材も追随するでしょう。そうなれば、聖王国は未曽有の危機にさらされます」

なるほど。実に納得できる未来だ。不遇な者の人望が厚い場合、その者の意見に周囲が流されることは十二分にあり得る話だ。オレが実行するかは別として。

要するに、カロンやオルカがオレを敬う姿を見て、カーティスは危惧したんだ。フォラナーダ──ひいては、将来的にオレの下に集まる人材のすべてが、聖王国に歯向かう可能性を。

それほど、現状の無属性の扱いは悪い。始末したくなる気持ちは、多少理解できる。結局は『無属性の境遇を改善すれば良い』という結論に落ち着くので、まったく共感できないけどね。

というより、

「なんで、オレがフォラナーダを掌握してるって思うんだ？」

オレたちの真の実力および実権については、しっかり情報統制していた。日々の確認作業でも、流出したという報告は上がっていない。

すると、カーティスはフンと鼻を鳴らす。

「統制しすぎなんですよ。あそこまで徹底して情報が得られないとなれば、誰かが現場で指揮を執るしかありません。保養地で豪遊しているフォラナーダ伯爵には、まず不可能なこと。であれば、何故か人望の厚い貴殿しか残されていない」

「へーぇ」

感心の声を漏らす。

嫌みではなく、真面目に参考になった。完璧に情報統制するのも、オレたちの現状的には難があるんだな。少し考えが凝り固まっていたかもしれない。

ただ、カーティスを逃がす理由が、余計になくなった。ゆくゆくは正式にオレが伯爵を継ぐけど、今すぐではない。真実を、外に伝達されるわけにはいかなかった。

オレはさらに一歩進む。カロンも続く。

そろそろ諦めてほしいものだが、カーティスの往生際は悪かった。

「ま、まま待ってくれ！　わ、私だって好き好んで、こんなことをしたわけではないんですよ。上からの命令なんです。危険の芽があれば摘むよう、あらかじめ命じられていたんですッ」

分かってくれますよね、と世迷言を口にする始末。

本当に、こいつは救われない頭をしている。

オレはこれ見よがしに溜息を吐き、尋ねた。

「それで？」

「へ？」

質問の意図が摑めなかったようで、カーティスは間の抜けた声を漏らす。

優しいオレは、頭の足りない彼でも理解できるよう、内容を噛み砕いて問い直してやった。

「命令だから何なんだ？　被害に遭ったオレたちには何の関係もない話だろう。お前が実行犯なのは変わらないじゃないか」

ようやく、こちらの意思が伝わったようだ。カーティスは呆然と立ち尽くした。

奴が大人しくなったところで、今まで黙していたカロンが口を開く。

「あなたは私が相手をします。覚悟してください」

そう言って、彼女は一歩踏み出した。

オレはそのまま立ち止まる。

事前に話し合って決めたことだった。シオンの敵討ち――生きているけど――を果たしたいとカロンが熱望したため、了承したんだ。

彼我のレベル差は1。カロンの方が僅かに上回っているけど、実戦経験を考慮すると確実に勝てるとは言い難い。

それでも、オレは許可を出した。

理由は三つある。一つは魔獣の殲滅に同行させた時と同じ、その目に強い意志を抱いていたから。絶対に勝つという意志を持っている彼女なら、必ず勝利をもぎ取るだろうと信頼できた。

一つは、カロンが自ら作戦を考案していたから。その策であれば、ほぼ勝利は固いとオレは判断した。

最後は、カーティスとの戦いが、カロンの成長に繋がると考えたため。一度土をつけられた相手を倒すというのは、実力のみならず精神にも大きな影響をもたらす。きっと、彼女の飛躍に繋がるはずだ。それならば、オレは喜んで背中を押そう。

カロンが戦うと聞いて、カーティスは明らかに余裕を見せた。魔獣を殲滅したオレは無理だが、小娘程度なら問題ないと考えているんだろう。あわよくば、彼女を人質にしようとでも皮算用しているのかもしれない。ゆえに、彼の警戒はオレへ向いており、半ばカロンは無視されている。

甘い考えだ。ハチミツの砂糖漬け以上に甘い。

オレはカロンに視線で合図を送り、彼女も力強く頷いた。

そして、戦闘は始まる。

「いきます！」

口の中で転がすように呟いたカロンは、【身体強化】を施した脚力でカーティスの懐に飛び込む。
十七、八メートルほど開いていた距離は、あっという間に詰められた。
カーティスが反応する暇もなく、カロンの拳が彼の鳩尾に放り込まれる。

「あがっ」

オレ直伝の【身体強化】によって繰り出されたパンチだ、生半可な威力ではない。オレほどではないものの、素の五倍は強化されている。

そんな攻撃を受けて、後衛主体の専業魔法師であるカーティスが堪え切れるはずもない。無様な声を上げて後方へ吹き飛んでいった。

木々を幾本もへし折り、一分の滞空を経て、ようやく彼の体は地面に落ちる。

「ごほっごほっ」

空気を求めて咳き込むカーティスだが、悠長に呼吸する時間なんて残されていない。すでに、カロンは彼の傍に立っていた。

情けなくのたうつ彼を見下ろしてから、おもむろに拳を振り上げるカロン。次いで、容赦ないラッシュを見舞った。左右の拳を連続で浴びせていく。決まった型のない、素人丸出しの連打だったけど、【身体強化】された拳は凶器だった。ドーンドーンと、人体が奏でてはいけない音が鳴り響く。

カーティスの顔は最初の一発目から変形しており、全身の骨もミキサーにでもかけたように粉々になっているが、カロンは手を緩めなかった。真顔で、何度も何度も何度も拳を振り下ろす。

カーティスは、魔法師同士の戦いなのに、超近接戦闘を仕掛けられるとは夢にも思わなかったに違いない。前もって相談されていなければ、オレだって目前の光景に口をあんぐりと開けていた自信がある。今の彼女は、それくらい真に迫る恐ろしさが滲み出ていた。

これこそ、カロンの立案した作戦だった。彼我の戦力差が僅かなら、こちらの有利な部分を押しつけてしまえば良い。他よりも抜きんでた【身体強化】を用いた近接戦闘ならば、一方的にボコボコにできると彼女は考えたわけだ。

フェイベルンみたいなバリバリの騎士だったら話は別だけど、カーティスは専業魔法師ゆえに、五倍強化したカロンの動きについてこられるはずがない。事前に魔法を使われないよう、わざわざ名乗りを上げて油断を誘っていたし。最初から最後まで、カロンの手のひらの上だった。

見ているこちらまでも背筋が凍りつくような、手加減なしの攻撃の数々。絶対に彼女を怒らせないと、オレは心のうちで固く誓う。

いったい、どれほどの時間をラッシュに費やしただろうか。ふと、カロンはその両拳の動きを止めた。それから、「ふぅ」と息を吐いて立ち上がる。

彼女の背中からは、怒りを発散した達成感とやるせなさが綯い交ぜになった、複雑な感情が透けて見えた。

オレはカロンに近づき、その頭を優しく撫でる。

「頑張ったな」

「お兄さま……」

彼女は、ヒシとオレの胸のうちに顔を埋める。背中に手を回して、ギュッと抱き締めてきた。

カロンが落ち着くまで、優しく抱擁し続ける。

程なくして、彼女はそっと身を離した。

「機会を設けてくださり、ありがとうございました」

「どうだった?」

一礼するカロンに、リベンジマッチの感想を問う。

カロンは如何ともし難いという表情を浮かべた。

「スッキリしましたが、モヤモヤも残りました。心のうちにわだかまっていた怒りが晴れたのは確かです。ですが、同時に寂寥感も湧きました。暴力の無意味さを痛感したと申しますか……時間を浪費しているような虚しさがありました」

「そっか」

カロンに、トリガーハッピーや戦闘狂の気がないことに安堵を覚える。

彼女は、暴力に虚しさを感じるくらいがちょうど良いだろう。何といっても、『陽光の聖女』なんだから。他人を傷つけるのではなく、癒す方で力を伸ばしてほしい。無論、自衛できるくらいの戦闘力はつけてほしいけどね。

「う、あ」

カーティスが呻き声を漏らす。あんなに拳を食らっておいて、まだ生きていたらしい。そのしぶとさだけは感心できる。

「どういたしますか、お兄さま」

興味なさげに、カロンが彼の処遇について尋ねてきた。

軟体生物もかくやのカーティスを眺めながら、オレは笑顔を作る。

「こいつには散々迷惑をかけられたし、今度はオレたちのためにウンと働いてもらうつもりだ」

「何をなさるのですか？」

「難しい話じゃない。迷惑料を払ってもらうだけさ」

こいつは一線を越えた。簡単に許そうとは思わない。

オレの怒りを察したのか、カロンもそれ以上は聞こうとしなかった。

カロンに頼んでカーティスを僅かに治療してもらい、【位相隠し】でサクッと回収する。

そして、オレはカロンに告げた。

「家に帰ろう」

「はい！」

最愛の妹の笑顔を見て、やっと一件落着したと心より感じられた。

「シオン！」

「カロラインさま!?」

カーティスと決着をつけたオレたちは、フォラナーダ城の医務室に足を運んでいた。シオンの容態を確認するためだったんだけど、彼女はすでに目を覚ましていたらしい。ベッドから上半身を起こしていた。

それを認めたカロンは勢い良く飛び出して、シオンのお腹に顔を埋める。

「良かった……良かったです」

「カロラインさま……」

涙交じりに無事を喜ぶカロンの姿を見て、最初こそ驚愕していたシオンも頬を緩めた。それから、抱き着く彼女の背中を撫でながら返す。

「お医者さまから、だいたいの話は伺いました。カロラインさまが治療してくださったのですよね。ありがとうございます。お蔭（かげ）さまで、こうして命拾いいたしました」

シオンの謝意を聞いたカロンは、顔をバッと上げて首を横に振る。

「違います。シオンは私（わたくし）を庇って重傷を負ったのです。私（わたくし）があなたに感謝こそすれ、その逆は必要ありません！　命の恩人はシオンの方なのですよ」

カロンは、自分のせいでシオンが傷ついたと考えているようだった。

状況的に無理からぬことか。カーティスは二人まとめて標的にしていたみたいだし、シオンがカロンを攻撃から守ったのは事実だ。

戦略上、光魔法師（カロン）を最優先で守護するのは最適解である。治癒役さえ生き残っていれば、いくらでも巻き返しは利くからな。

とはいえ、その論理を伝えても、カロンの慰めにはならないだろう。不意打ちの件では部外者たるオレに、口を挟む権利はない。

シオンは紡ぐ言葉を探るように、少しの間だけ視線を巡らせた。

「確かに、今回のケガはカロラインさまをお守りした結果です。その事実は曲げようがありません」

「ええ、ですから――」

「それでも、私はカロラインさまにお礼申し上げます。私の命を助けてくださり、誠にありがとうございました」

「どうして……」

どこまでも真摯なシオンの謝辞に、カロンは言葉を詰まらせてしまう。その隙を突いて、シオンはセリフを続けた。

「情けないことに気絶してしまったので、私はあの後の状況を把握しておりませんが、ある程度の推測はできます。きっと、カロラインさまは危機的状況に立たされていたはずです。他に構っている余裕などない状況に陥っていたと思います。一方の私は、即座に治療を受けなければ命を落としかねない状態だった。違いますか？」

「そ、その通りですが」

「それなのに私が無事ということは、カロラインさまが危険を顧みずに治療を行ってくれたのですよね」

実際のところは、オレの介入によって安全地帯での治療ができたわけだけど、命の危機が差し迫る状況にもかかわらず、カロンはシオンに光魔法を施そうとしていた。おおむね、シオンの認識は間違っていなかった。

「本当は『自分の命を優先して』と申し上げたいところですが、私などを思いやってくれたことには感謝しております。ですから、私の謝意を受け取ってはいただけませんか？」

優先順位としては明らかに間違った行動だった。それでも、その気持ちには心から感謝を述べたい。そうシオンは締めくくった。

カロンは唇を噛む。

彼女の感情は大きく揺れていた。内心の葛藤がよく見て取れた。

おそらく、自分だけでは何もできなかったとか、そもそも自分の身を自分で守れれば良かったとか、そういった言いわけが、頭の中を駆け巡っているんだろう。

それらを口にしないのは、シオンの気持ちを蔑ろにすることになると思ったから。感謝への反論は、自分を慰めるための言葉にしかならないと理解しているんだ。

今の歳でそこまで頭が回るとは、つくづく我が最愛の妹は優秀な子だよ。

カロンはゆっくり息を吐き、言葉を紡ぐ。

「分かりました。シオンの謝意は受け取ります。ですが、あなたが私の命を救ったのも事実です。こちらの感謝も受け取ってください。シオン、ありがとうございました」

「はい。しかと受け取らせていただきます」

シオンは笑みを浮かべた。その表情は、どこか憑き物が落ちたような様相だった。

カロンも同様の感想を抱いたようで、

「少し雰囲気が変わりましたね」

と、キョトンとした風に尋ねる。

すると、シオンは首を傾げた。

「そうでしょうか？」

「ええ。前よりも遠慮がなくなった気がします」

「えっ、何か失礼な態度でもありましたか!?」

カロンの発言に、慌て始めるシオン。

その狼狽っぷりがおかしくて、オレとカロンは同時に吹き出した。

「「ふふっ」」

「カロンさま？　ゼクスさまも!?」

余計に困惑するシオンに、オレは「悪い」と謝る。

続けて、カロンも口を開いた。

「別に、シオンが失礼を働いたわけではありませんよ。遠慮がないといっても、良い意味で申し上げたのです。誤解を招く表現でしたね。申しわけありません」

「い、いいえ。ご不快に思っていらっしゃらないのでしたら、構わないのですが」

未だ動揺しながらも、シオンは安堵の息を漏らす。

しばらく見守るつもりだったが、思わず笑ってしまったので、オレは意見を述べることにした。

「シオンの雰囲気が変わったのは、たぶん吹っ切れたからだろう」

「吹っ切れた、ですか？」

自分でも把握していなかったのか、彼女は疑問符を浮かべていた。

「スパイから、完全に足を洗ったってことさ」

オレに自らの経歴を明かしたことに加え、カーティスの不意打ちからカロンを守った。それらはシオンにとって、過去との決別の明確な証となったはずだ。今まではスパイという立場ゆえに、無意識に罪悪感があったんだと思う。それが消失したため、心が近づいたといったところかな。

思い当たる部分があったようで、シオンは小さく頷いていた。

しかし、その後すぐに素っ頓狂な声を上げる。

「って、ゼクスさま。何で暴露してしまうんですか!?」

「うん?」

いきなり奇声を上げた彼女に驚くオレ。何の話だ？

オレが察していないのを知り、シオンは口をパクパクと開閉する。それから、程なくして躊躇い気味に話し始めた。

「えっと、ほら。わ、私が、す、スパイだと……」

「えっ？…………ああ！」

一瞬呆けてしまったが、シオンの言わんとしていることが理解できた。

「そういえば、シオンがスパイだってことを全員知ってるって、伝えてなかったな！」

悪いことをした。彼女からしたら、とんだ不意打ちになってしまったわけだから、驚いて当然だよな。

「はい?」

オレのセリフに、シオンは凍りつく。そして、ギギギギギッと油の切れたブリキ人形のように、カロンの方を向いた。

視線を向けられた彼女は、少し気まずそうに呟く。

「えーと……私(わたくし)やオルカ、領城に長く勤めておられる方は、皆さん存じておりますね」

それを聞いたシオンは愕然(がくぜん)とした表情を浮かべ、病み上がりの体にもかかわらず、オレに詰め寄ってきた。

「ぜ、ぜぜぜぜゼクスさま!　契約はどうしたんですか!?」

お、おおぅ。すごい迫力だ。ここまで鬼気迫ったシオンは見たことがない。

やや引きつつ、オレは返す。

「もちろん、オレからは話してないぞ。みんな、自力で悟ったんだよ。今口にできるのは、もうキミがスパイではないからさ」

サウェード家との訣別(けつべつ)を誓った時点で、以前に交わした【誓約】は無効化されている。

「いったい、どうやって?」

「簡単な話ですよ」

続く問いに答えたのはカロンだった。

彼女はシオンの混乱っぷりに驚いていたものの、冷静に答える。

「ベテランの方々は、王宮から推薦された使用人というだけで察していらしたようですよ。私とオルカの場合は、エルフという情報を得て悟りましたね。エルフが暮らしづらいこの国で、王宮から推薦されるほどの立場にいるなど、リスクとリターンがつり合っておりません。スパイといった特別な役職に就いていると考えるのが妥当です」

「なるほど」

言われてみると、確かにコスパが見合っていない。のし上がる能力があるのなら、身を隠す必要のない国に仕官した方が安全である。『簡単な話』かは別として、至極真っ当な推理だった。

——が、一旦落ち着いたかに思えたシオンは、再び混乱の極致に達してしまう。

「えっ、あれ？　今、カロラインさまは何と仰いましたか？」

「『この二つの情報があれば、さすがに聖王家お抱えのスパイだと判断できます』と申しましたが」

「そ、その前です」

「『私とオルカの場合は、エルフという情報を得て悟りましたね』ですか？」

寸分違わず繰り返すカロン。

それを聞き終えたシオンは、目をクワッと見開いた。

「そ、それですよ！　どうして、エルフのことまでも知っているのですか!?」

この世の終わりとでも言うように、顔が青ざめて頭を抱えるシオン。

あまりに大仰な彼女の態度に、オレとカロンは顔を見合わせた。

「どうして、と言われましても」

「なぁ？」

どうやら、シオンは根本的な問題に気づいていないらしい。

仕方ないので、オレは順を追って説明する。

「シオン。キミが自分の種族を隠している手段は何だい？」

「【偽装】ですが……」

「じゃあ、オレがそれを見破った方法は？」

「【魔力視】というゼクスさまの編み出した術……あっ」

ようやく理解したようだ。

【魔力視】は、何もオレしか扱えない術ではない。理論の説明には時間を要するが、それさえクリアすれば誰でも使える魔法なんだ。現に、オレが指導を行っている弟妹二人は習得している。

従って、カロンやオルカにも、シオンの正体は筒抜けだったんだ。

その事実を知ったシオンは、あわあわと狼狽しながら自身の両耳を押さえる。

「で、では、どうして……」

自分はエルフだと知られたのに、何故に騒ぎが起きていないのか不思議らしい。聖王国内に浸透しているエルフへの偏見を考えれば、当然の思考だろう。

だが、カロンは違った。シオンの発言を聞き、眉根を寄せる。

「見くびらないでください」

「カロラインさま？」

急に怒り始めたカロンに、シオンは首を傾げる。

困惑するシオンを気にせず、彼女は続ける。

「シオンがエルフだからといって、何なのですか？　エルフという種族情報が、あなたの全部ではないでしょう。私はあなたの色々な側面を知っています。冷静そうに見えて、アドリブにはめっぽう弱いこと。緊張しやすいこと。可愛い動物には目がないこと。甘味が大好きなこと。これらは、あなたと過ごした数年で知り得た情報です。私たちがともに過ごした年月を思えば、あなたの種族など些細な問題です。この考えは、オルカも同じでしょう」

カロンは一拍置き、告げる。

「私は、シオンのことを姉のように思っています。これを聞いても、あなたはエルフであることが問題だと言いますか？」

「カロンさま……ありがとう、ございます」

シオンは涙を流した。悲しいからではない、嬉しいからこその涙だった。

彼女の境遇を考えれば、納得できる反応だった。

フォラナーダに来る前のシオンは、常に一人だったんだ。落ちこぼれと周囲からバカにされ、妾の子ゆえに家族からも拒絶される日々。心から信頼できる者なんて一人もいなかったんだろう。

そこに来て、自分の正体を知っても大丈夫だというヒトが——姉だと慕うカロンが現れた。彼女にとって、これ以上の感動はないと思う。

先程と立場が逆転していた。再び抱擁する二人だが、どちらかというと、今度はカロンがシオンを包み込んでいる感じ。

二人とも、今回の一件で成長できたということだろう。家族が一歩前進できたことは、とても嬉しい。

「さて」

笑いながら雑談を始める二人を置いて、オレは密(ひそ)かに医務室を後にする。

そっと、廊下の窓から外を窺(うかが)うと、地平線から微(かす)かに陽光が差し込んでいた。

夜明けまで僅か。最後の一仕事が残っていた。

○●○●○

フォラナーダ城の地下牢（ちかろう）のさらに下。そこには小さな空間が存在した。一辺十メートルほどの広さで、土が剝（む）き出しとなっている殺風景な場所。

酷く冷たい印象を与えるこの部屋には、異質な点が一つあった。それは出入り口が存在しないことである。

ここは、オレ専用の魔法の実験場だった。【位相連結（ゲート）】で訪れる前提なので、扉の類がないんだ。

といっても、本格的に使うのは今日が初めてだった。何せ、普通の実験は中庭で事足りる。

ここを利用するのは、人前では見せにくい術を扱う場合に限っており、そういう系統は今まで極力避けていたんだ。良心が痛むし、カロンに胸を張れなくなる気がしたから。

「うぐっ」

【位相隠し（カバーテクスチャ）】から、カーティスが転がり出た。あの後、カロンによる最低限の治療もあって、かろうじて顔の原形が認められる。

先程まで気絶していたんだけど、今の衝撃で目覚めたらしい。変わらぬ重傷のせいで動けはしないが、キョロキョロと周囲の確認を始めた。そして、オレの姿を認めると、ビクッと体を震わせる。

彼は絞り出すように、言葉を紡ぐ。

「ここは、どこですか？」

声を出すだけでも激痛を伴っているようだった。とても話しづらそうにしている。

オレはそんな様子をサラッと無視して、彼の質問に答えた。

「城の地下にある、秘密の部屋さ」

「そのような場所、見つけ、られません、でしたが」

「そりゃそうだろう。オレの魔法じゃないと、ここには辿(たど)り着けない」

「……」

肩を竦(すく)めるオレを見て、カーティスは黙り込んだ。痛みに眉をひそめながらも、思考を巡らせているよう。

オレは彼の言葉を待った。時間に余裕があるうえ、逃げられる心配もない。であれば、多少の余興に付き合っても良いだろう。

しばらくして、カーティスは口を開いた。

「あなたは、何者、なんですか？」

「はぁ」

溜息が漏れる。十分近く悩んで、陳腐な質問しかできないのか。期待したオレがバカだったよ。

まぁ、せっかくだから、質問には答えてやろう。彼の望んだモノとは絶対に違うとは思うが。

「ゼクス・レヴィト・ユ・サン・フォラナーダ。ただの伯爵子息だよ。それ以上でもそれ以下でもない」

「ッ!?　バカにするな!!」

案の定、彼は激高した。怒鳴り上げたせいでゲホゲホと血を吐いているが、そんなの構うかと言うように続ける。

「あなたが、あなたがッ、ただの貴族の子どものわけがないでしょう！　普通の八歳児が五万の魔獣を一瞬で葬り、数キロメートルも離れた場所に瞬間移動できて、エルフである私よりも魔力量が多いはずがないッ！　こ、このッ、この化け物がッ！！！」

全身全霊を込めた言葉。血反吐を溢すその姿を見れば、まさに命を削って絞り出したセリフだと理解できた。

今回のオレが起こした事象は、それほどまでに——我を忘れて叫びたくなるほどに、カーティスの常識を粉砕したのだと分かる。

あちらの気持ちは理解できた。オレだって、自分が常識外れである自覚はある。しかし、だからといって、相手の気持ちを汲むかは別問題だ。

オレは嘲笑交じりに返す。

「さっきも言った通り、ただの子どもだよ、オレは。それ以上、語ることはない」

「ぐぅ」

問答は無意味だと、ようやく理解したらしい。カーティスは、悔しげに唇を噛み締める。

向こうが黙り込んだところで、オレは「さて」と口を開いた。

「そろそろ、あんたを生かしておいた理由を話そうか」

「私を、殺せば、王宮側に、異常事態が、伝わる、から、でしょう」

鋭利な瞳を向け、これ以外の理由はあるまいと断言するカーティス。

彼の立場からしたら、そうとしか考えられないな。だが、それは見当違いだった。

オレは軽く笑声を溢し、人差し指を振る。

「違う違う。王宮派なんて、どうでもいいんだよ。そんなことのために、あんたを生き長らえさせたわけじゃない」

「な、に？」

そも、カーティスが送り込んできた囮部隊を全滅させている。彼がこちらに寝返って王宮側に虚偽を伝えない限り、どうせ異常事態は伝わるんだ。彼一人を生かしていても、何ら意味はない。

オレはカーティスに向かって、にんまりと笑みを浮かべる。

「オレは、あんたに感謝してるんだよ」

「かん、しゃ？」

「そう、感謝」

予想外の言葉だったようで、彼は目を丸くした。疑いの視線を向けてくる。

信じられないだろうけど、これは本心だ。本当にカーティスには感謝している。

「あんたのお陰で、精神魔法の新たな可能性を知れた。魔力の副次効果を催眠術に応用するなんて、普通の魔法師なら考えつかない。師匠みたいに完成された魔法師なら尚更（なおさら）な。だって、そんな付属品をこさえずとも、単品で十分なんだから」

魔力を本命に到達させるための道具にするなんて、魔法のみで何とかしようとしていたオレには、絶対に浮かばないアイディアだ。副次効果は、催眠術以外にも応用できる。

また、もう一つ感謝していることがある。それは――

「あんたが外道な手段を取ったお陰で、世の中には〝容赦してはいけない敵〟がいると知れたよ。最初の外道があんたで良かった。オレの詰めが甘いせいで、大切な家族を失わずに済んだんだからさ。もし、もっと凶悪な奴だったら、犠牲が出てたかもしれない」

カロンのためなら何でもやると決意しておいて、オレには躊躇(ちゅうちょ)している部分があった。無論、彼女たちと顔を合わせられないほどの外道に落ちるつもりは毛頭ないが、甘かったことも否定できない。おそらく、前世の平和ボケ思考が、抜け切れていなかったんだと思う。

今回は、運が良かったとしか言いようがなかった。何か一つでもボタンを掛け間違えていたら、誰か死んでいた可能性があった。

「魔獣、の、スタンピードのこと、なら、謝罪しま、す」

オレの発言から、何か嫌な予感を覚えたんだろう。慌てた様子で言葉を連ね始めるカーティス。だが、まったくの見当違いだ。オレが怒っているのは、そこではない。

オレは目を開き、ハッキリと彼に告げる。

「お前、カロンたちに催眠術をかけようとしただろう？」

我ながら、底冷えするような声が出た。声に相当量の魔力が乗ったらしく、部屋中にヒビが走っていた。沸々と湧き出る魔力を抑え切れず、空間がグラグラと揺れ始める。

かなり深い地点に作ったので地上に影響はないと思うが、このままだと部屋が崩壊するだろう。

しかし、オレは魔力を収めなかった。もはや、オレは我慢の限界に達しようとしていたんだ。

「な、なんのこ――――」

「誤魔化すなよ」

証拠は掴んでいる。

最初に違和感を覚えたのは、奴隷のニナを治療する前に、カロンと抱擁した時。彼女の体から僅かな魔力残滓が感じ取れた。粘着質で気色の悪い、ドロドロとしたもの。

ほんの少量だったのでカロン自身は気づいていなかったし、不発に終わった代物だと判断できた。

だが、何か悪質な魔法の痕跡であることは間違いなかった。

念のためにとオルカの方も調べれば、同じものが検出された。

ニナの救出へ向かう前は、二人とも何ともなかった。オレが不在の間に魔法を仕掛けられたことは確定した。

となれば、答えは一つしかない。カーティスが何らかの魔法を使ったんだと。

ただ、どんな魔法かは判然としなかった。残滓しか残っていなかったうえ、当事者の二人は魔法を仕掛けられた覚えがなさそうだったから。

しばらくは警戒レベルを上げようと決心していたところ、カーティスが今回の事件を起こした。そして、その中で魔獣たちを操った。

オレは確信したよ。こいつは、カロンとオルカに催眠術をかけようとしたと。

魔力を利用した催眠術は、ヒトに対して効果は薄い。しかし、ゼロではないんだ。僅かながら影響はあり、時間をかければ効力が増していく。

ゆえに、カーティスはカロンたちに術を施した。二人を傀儡に陥れるために。王宮派の意のままに動かすために。

魔力に耐え切れず、壁の一部が爆発する。

「お前たちは、カロンを王宮派の駒にしたくて、今回潜り込んだんだろう？　そりゃ当然だよな、光魔法師はそれだけ価値が高い。すでに一人抱えてるとはいえ、二人も光魔法師がいれば、聖王家の地位は盤石だ」

これはオルカにも伝えなかった真実。彼には暗殺が目的と語ったが、暗殺と傀儡の二パターンを考慮した作戦だったわけだ。

まぁ、暗殺を実行したことから察するに、催眠術は一切効果がなかったんだろう。二人には、『魔法の授業中は不測の事態に備えて【身体強化】を怠るな』と指示していたから、然もありなん。

精神系の魔法は、魔力によって阻まれる。

「ま、待て。確かに、催眠、術は、使ったが、効果は、なかった！」

やっと、カーティスはオレの逆鱗に触れたことを悟ったようだ。あまりにも遅い。本当にスパイの家の長子なのかと疑いたくなるレベルだった。

オレは首を横に振る。

「効果の有無は関係ないんだよ。実行したか否かが問題だ。お前は、オレの大事な弟妹を人形におとしめようとした。加えて、大切な家族(シオン)までも傷つけた。その代償は大きい」

家族三人に危害を加えておいて、今さら謝罪を受け入れられるはずがない。こいつの運命は決していた。

「あの、出来損ない、を、家族、だと?」

理解に苦しむといった顔をするカーティス。

オレは呆れた。

「よく言う。お前、真っ先にシオンを潰したんじゃないか」

カロンは自分を庇ったせいだと考えていたが——もちろん、二人まとめて攻撃したんだろうけど——、あの傷痕はシオンをメインに狙った攻撃に違いなかった。

理由は単純。シオンの方がカーティスよりも強かったから。アカツキに師事するまで、彼女はオレの修行に同行していたんだ。強くならないはずがない。

「確かに、シオンはしょっちゅうドジを踏む。でも、能力が低いわけじゃないんだよ。むしろ、ドジをカバーしようと熱心に訓練を積むから、どの技能も高水準にまとまってる。お前なんかより、よっぽど優秀な子だ」

「私、が、出来損ない、よりも、劣っている、だと？　ふざけるなッ！」

カーティスはゲホゲホと血反吐を溢す。

この期に及んで、現実を受け入れられないらしい。

――もう語るべきことはないな。

オレはカーティスに右手を向け、魔力を込める。

それを見て、彼は怯えた。

「な、何を、する、気だ!?」

「お前がカロンとオルカにしようとしていたことを、そっくりそのまま返すんだよ。お前のアイディアを参考に【人形】という精神魔法を作ってみた。今回だけのお披露目になることを願うよ」

オレは精神魔法の扱いを自戒していた。慎重を期していた。この魔法は一歩間違えれば、外道に落ちる危険を孕んでいると確信していたために。

オレは、決して万能な主人公ではない。間違えることは多々あるし、人並みに悩み迷う。欲求に駆られることもあれば、誘惑に揺らぐことだってある。

使用に枷を与えなければ、オレは必ず精神魔法を常用し始める。最初は厳格な基準を設けていても、次第に『これくらいは大丈夫』とハードルを下げていくだろう。そして終には、些細な口ゲンカで相手の精神を弄り回すようになる。

これは懸念ではない。自分の性格をよく分かっているからこそ断言できる。

ゆえに、明確な線引きをした。対象の意志や記憶を、永続的に捻じ曲げる魔法は扱わないと。たとえ戦闘や治療目的であっても、だ。

だが、その戒めを解く。今回ばかりは、どうしても感情を抑え切れない。大切で愛おしいカロンたちを害そうとしただけでも腸が煮えくり返っていたのに、心の尊厳までも踏みにじろうとしたんだ。許せるはずがない。カロンたちの前では我慢していたけど、限界はとっくに超えていた。

この男には、とびきりの罰を与えたい。だから、外道の術に手を出す。これまでは開発にさえ着手していなかった、対象を思いのまま操る魔法を。今回しか使わないだろう、悪意全開のそれを。

「さぁ、お休み、憐れな大罪人よ。二度と目を覚ますことはあるまい」

お前の仕出かした罪を、一生掛けて償うが良い。

その後、カーティスは定期的に王宮派へ連絡を入れることとなる。その内容はすべて『異常なし。作戦は順調』というものだった。

Epilogue1　星

カーティスの一件が片づき、三週間ほどが経過した。今年も残り一週間を切り、フォラナーダ全体が忙しない空気に包まれている。領の実権を握るオレも、普段以上の仕事を抱えていた。

そんな多忙の合間を縫って、オレは冒険者ギルド・フォラナーダ支部を訪れていた。当然、冒険者シスの姿で。

何故、こんな時期に足を運んだのかというと、呼び出しを受けたからだ。強制ではないが、できれば顔を出してほしいと。

正直、書類仕事をさっさと終わらせたかったんだが、呼び出しの理由に心当たりがあったので、こうして応じたわけである。まぁ、良い気分転換にもなるだろう。

お馴染みのウェスタンドアを潜り、受付カウンターに向かう。ピーク時を避けて訪問したため、建物内のヒトは疎らだった。

ちょうど良く、カウンターには馴染みの受付嬢が座っていた。

「お久しぶりです、シスさん。お待ちしておりました」

オレの顔を見るなり、声を掛けてくる彼女。どうやら、呼び出しの理由を知っている様子。話が早くて助かる。

「久しぶり。で、オレはどうすればいい？」

「支部長室までご案内します」

「分かった」

受付嬢の案内に従い、カウンターの奥へと進んでいく。そして、先程の言葉通り、支部長室という札のかかった部屋に到着した。

「よぉ、シス。待ってたぜ」

室内にいたのは、身長百九十超え、筋肉もりもり、ついでに顔が怖い大男だった。笑みを浮かべているつもりなんだろうけど、大変凶悪な表情となっている。

子どもが大泣きするのは間違いないな。見慣れているはずの受付嬢でさえ、「ひっ」と小さな悲鳴を上げているし。

この男こそ、冒険者ギルド・フォラナーダ支部の支部長である。実は強面がコンプレックスで、怖がられるのを回避するために引きこもっている、めちゃくちゃ繊細な奴だ。

受付嬢はここまでのようで、案内の礼を告げてから別れる。その後、オレは支部長の対面のソファに腰かけた。

すると、支部長は早々に語る。

「俺は前振りの世間話なんてものは嫌いだ。早速、本題に入らせてもらうぞ」

組織のリーダーがそれで良いのか？　と思わなくもないが、話が早いのはオレも歓迎したいので、肩を竦めるに留めた。

それを了承と受け取ったんだろう。彼は続ける。

「お前のことだから察しはついてるんだろうが、めでたい報告が二つある。一つ目は、お前のランクAへの昇格が決定した」

ランクAとは、冒険者という職業におけるトップ。男爵相当の権力を与えられ、様々な面で優遇される特権階級。ゆえに、認められる数は少なく、『町を滅ぼすレベルの災害を止めなければならない』なんて噂されるほど。

その地位に、オレは至った。内乱時のフェイベルン撃破で実力を示し、今回の五万のスタンピード殲滅で功績を残したために。

ちなみに、後者については、フォラナーダ経由で国や民衆に伝えてある。あれほどの規模の攻撃跡を、何の説明もなしに放置するのは危険すぎるからな。

冒険者になって二年未満でのランクA昇格は、たしか聖王国最短だったかな。今後、周りが騒がしくなりそうだ。シスは、ゼクスをカモフラージュするための存在なので、何の問題もないが。

「そして、二つ名の授与も正式に決まった。『星』、それがお前の二つ名だ」

聖王国を含む周辺各国において、二つ名とは特別な意味を持つ。二つ名は、国家または大衆がその偉業を認めることで、初めて贈られる称号なんだ。簡単に得られるものではない。自称も非推奨だ。中二病を喧伝するのと同等の恥ずかしい行為と認知されているからね。

「『星』ねぇ」

十中八九、スタンピードに使った魔法が由来だろう。安直ではあるが、シンプルなのはありがたかった。仰々しい命名をされると、こちらも気恥ずかしいし。

「ほら、受け取れ」

そう言って渡されたのは、金色に輝くギルドカード。二つ名持ちのランクA冒険者のみに許された代物だった。

手に取ったカードを眺めていると、支部長が不思議そうに尋ねてくる。

「あまり嬉しそうじゃないな」

「そんなことない」

冒険者のトップ層に立てたことは、十分感激している。

ただ、はしゃぐほどではない、というだけだ。オレにとって、これは通過点。カロンの運命を打破するための、その一歩に過ぎないんだ。

まぁ、でも、今までカロンだけが二つ名持ちだった状況を考えると、これで兄の面目は保たれたと言っても良いのかな？

Epilogue2　家族

一月も半分が過ぎた。年末年始恒例行事の後処理が一段落し、城内はようやく落ち着きを取り戻した。何度経験してもこの忙しさは慣れない。前世で師走と呼ばれていた意味を痛感するよ。

部下たちには時期を分けて休暇を与えている。まだまだ現代日本ほどではないけど、福利厚生はしっかり充実させていきたい。

いつもより閑散とした執務室で、オレは今日も筆を走らせる。カリカリカリと、オレや部下たちのペンの硬い音が室内に響く。

不意にドアがノックされた。一瞬だけ意識が削がれたけど、扉の前に待機しているメイドが対応すると考え、目前の仕事に集中し直した。

だが、そうは問屋が卸さなかったらしい。

「ゼクスさま」

訪問者に対応していたはずのメイドが、オレに声を掛けてきた。手を止めて用件を尋ねると、シオンが訪ねてきたという。

はて、何の用だろうか？　今日の彼女は一日非番。ここに顔を出す理由はないはずだが……。

悩んでも答えは出ないため、通すように命じた。

「ゼクスさま。お時間をいただき、ありがとうございます」

入室したシオンは私服姿だった。仕事中ではないんだから当然か。

ただ、執務室を訪ねるだけあって、フォーマルな服装である。カジュアルスーツに近いかな？

「構わないよ。それで、どうしたんだ？」

おそらく、彼女の手にあるバスケットが関係していると思うけども。

はたして、オレの推測は正しかったらしい。

「そろそろ、お昼休憩をお取りになった方がよろしいかと愚考いたしまして、こうして昼食を持参いたしました」

「今日は休みだろう。わざわざ、オレの面倒を見なくてもいいんだぞ？」

シオンの回答は、些(いささ)か予想外だった。せっかくの休日なんだから、もっと自分のために使えば良いのに。買い物に出かけたり、ゆっくりリフレッシュしたり。

オレの心配に対し、彼女は首を横に振る。

「ご心配に感謝いたします。ですが、これは私自身が望んだことなので」

「そうか……。シオンがそう言うのなら、厚意はありがたく受け取っておくよ。もうお昼なのは確かだからね。あと少しでキリの良いところまで終わるし、食事はその辺りにでも置いておいてくれ」

こちらに構わず休暇を満喫してほしいという、オレなりの気遣いだった。しかし、それを耳にしたシオンは、突然狼狽し始めた。目が泳ぎ、オロオロと体を揺らす。

あからさまな態度に、オレを含めた室内にいる全員が首を傾げる。

自分が注目を集めていることに気づいたようで、シオンはピシリと固まり、あうあうと口を開閉させる。いったい、どうしたっていうんだ？

しばらく動揺を見せていたシオンだったけど、そのうち覚悟を決めたみたいだ。深呼吸を一つして口を開く。

「ゼクスさま」

「何だい？」

「――私と、昼食をご一緒していただけないでしょうか？」

「……」

思わぬ申し出に、オレは目を丸くした。周囲の部下たちも「おお」と感嘆の声を漏らしている。

あー……これはアレだろうか。デートのお誘いみたいなもの？　シオンの頬が赤く染まっているし、漏れている感情の質から間違いないとは思うけど、勘違いだったら恥ずかしい奴だ。

「ご迷惑でしたでしょうか？」

程なくして、シオンが不安に瞳を揺らしながら問うてくる。

しまった。驚きすぎて固まっていたら、彼女がいらぬ心配をしてしまった。

本来、お互いの立場を考えると、シオンの誘いは不敬に当たる。それを理解していながら申し出た覚悟は、相当なものだと察しがついた。ここで、彼女の想いを踏みにじってはいけない。大事な家族の一員なんだから。

「いや、そんなことないよ。その誘い、喜んで受けるよ」

自然と、オレは笑みを浮かべていた。

魔香花の庭園、その中央まで足を運んだ。シオンが人気の少ない場所をリクエストしたからだ。ここは、オレたち三兄妹や専属の庭師くらいしか訪れない。

シオンの用意した昼食はサンドイッチだった。バスケットの中には、色とりどりの具材を挟んだサンドイッチが入っている。とても美味しそうである。

そういえば、シオンの作った料理は初めて食べるな。彼女のドジッ娘気質を考慮すると不安が湧いてくるが、今は彼女のメイド力を信じよう。ドジを除けばシオンの能力は高水準だし、せっかくの厚意を無下にはできない。

気合を入れて、たまごサンドを頬張った。

「美味しい」

店に出しても良いくらいの絶品だった。食べる手が止まらない。

あっという間に、たまごサンドを食べ終えたオレは、改めてシオンへ感想を告げた。

「とても美味しかったよ。これなら、何個でも食べられる」

するとシオンは口をムニムニさせて笑む。

「ありがとうございます。そう言っていただけて嬉しいです」

全身から〝幸せだ〟というオーラがほとばしっていた。料理のデキを褒められたにしては、過剰な喜びようだった。

うーん、これは間違いないよな。経験則からも、魔力から読める感情的にも。原作主人公たちみたいに鈍感ならスルーしていたんだろうけど、オレは人並みに鋭い。おまけに、精神魔法の補助もある。気がつかないはずがなかった。

シオンは、オレに好意を寄せている。家族のそれではなく、恋人等に向ける感情だ。

心当たりがなくはないが、そこまで決定的なことをしたわけではない。カーティスの一件以降、何やら余所余所しい態度ではあったけど、こういう形で落ち着くのは予想していなかった。正直、シオンのオレへの感情は、家族愛に収まると思っていたんだ。

やはり、ヒトの心は複雑怪奇。精神魔法なんて便利なモノを覚えても、簡単には分からない。

そんな風に考えながら、オレとシオンは食事を進める。普段通りの軽い雑談を交わしているだけだったんだが、シオンは見るからに「幸せ！」という様子で、傍にいるオレの方が照れくさくなるほどだった。

ボーッと庭園を眺めながら、食後に小休止を挟む。昼休憩はもうじき終わりだ。午後はニナの訓練に付き合わなくてはいけないので、長くは休んでいられない。

それを理解しているシオンは、やや寂しそうな表情を浮かべていた。普段のクールな彼女は面影もない。乙女な彼女が存在した。

どうしたもんかねぇ。

シオンの好意を知ったところで、オレから行動は起こせない。立場的に、オレの提案はすべて命令に変わってしまう危険があるんだ。安易な発言は許されない。

そも、根本的な問題として、オレがシオンに抱いている感情は家族愛が妥当なところ。決して、異性へ向けるものと同義ではない。

それらを鑑みると、余計に動けなかった。下手に家族を傷つけたくないと思ってしまうのも、悪化の要因である。

時間はゆっくりと過ぎていき、問題の先送りという逃避を実行しようとした頃。ふと、シオンは口を開いた。

「私は、ゼクスさまをお慕いしております」

不意打ちだった。まさか、このタイミングで告白されるとは考えておらず、とっさに言葉が出てこない。

オレが固まっている間にも、彼女はセリフを続ける。

「すぐに返事をくださる必要はございません。どうしても抑え切れずに想いを口にいたしましたが、私はあなたさまの隣に立つ資格を有してはおりません」

「資格？」

かろうじて絞り出せた問い。

シオンは首肯した。

「はい。私は今回の事件でご迷惑をおかけしてしまいました」

「オレは気にしていない」

「存じております。ですが、私自身が許せないのです。此度の清算を行わなくては、納得できないのです。たとえ、自己満足にすぎないとしても」

翠色の瞳でこちらを真っすぐ見つめ、彼女は言う。

「この告白こそ、ご迷惑かもしれませんが、平にご容赦ください。どうしても伝えたかったのです。私の身と心はゼクスさまに捧げていると。私はあなたさまの味方であり続けると。それらを心の隅に留めていただけたら幸いです」

「どうして、そこまで……」

シオンがオレに特大の愛情を抱いていることは理解できた。言葉だけではない。告白した時から放たれている、周囲一帯を満たす好意の感情が、彼女の内心を如実に表していた。抑え切れなかったとの発言も頷けるというもの。よくも今まで隠し通せたと呆れてしまうレベルだ。

しかし、永遠の忠誠を誓うほどの何かをシオンにした覚えは、オレにはなかった。想像以上の愛の大きさに、驚きを隠せなかった。

対し、シオンは苦笑いを浮かべる。

「困惑されるのも理解できます。ゼクスさまからすれば、大したことではなかったのでしょう。ですが、私には大きな支えになりました。あなたさまが私を〝家族〟だと仰ったことは、とても心に響きました。私には血の繋がりはあれど、決して私に目を向けてくれない家族しかいませんでしたから」

生まれた時からシオンを冷遇してきたサウェード家。過去の境遇を想起したのか、彼女はどこか遠い目をした。

「力強い意思をもって私を家族だと断言してくださった時、私はゼクスさまに恋をしてしまったのです。不敬ながらも、この方と人生をともにしたいと考えてしまったのです。この一ヶ月、気持ちを押し留めるのに苦労しました。結局、こうして告げてしまいましたが」

シオンは照れくさそうに語った。その姿はとても可愛らしく、そして、想いを紡ぐ声には火傷しそうなほどの熱が含まれていた。

オレは額に手を当てつつ、事実確認を行う。

「家族としてのシオンは好きだけど、恋人にしたいとは思っていない」

「はい、理解しております」

「もし仮に、オレと恋人関係になったとしても、立場的にキミを正妻にはできない。もしかしたら——いや、聖王国の法律を考慮すれば、他にも側室を迎え入れるだろう」

「正妻など私には過分です。可能なら、あなたさまの愛の一欠片でもいただければ、望外の喜びです」

「オレは色なしだ。きっと、周りから後ろ指を差されるようになる」

「周囲の目など関係ありません。好いた方の隣にいられない方が嫌です。それに、私にはゼクスさまやカロンさま、フォラナーダ城の皆さまがいますから」

「……そうか」

オレを生涯のパートナーに選ぶことのデメリットを並べたが、すべてに容易く返されてしまった。

オレのどこに、シオンは惹かれたんだろうか。理由は先程聞いたけど、いまいちピンときていない。たぶん、その感情は彼女にしか理解できないものだと思われる。

だから、正面から受け止めて答えるしかない。返事は今すぐでなくて良いと言われたが、忠告だけは必要だと判断した。

「オレには、やらなくてはならないことがある。それが叶うかを判断できるのは、おそらく十年後の話だ」

カロンを死の運命から救い出す。それがオレの悲願であり原点。学園を卒業する日まで、恋に現を抜かす暇はないだろう。

シオンが自信を持つに至り、オレの返事を請うたとしても、答えられない可能性はあるんだ。

無論、気心知れた彼女がパートナーになってくれるのなら、オレとしても嬉しい。今は家族に対する愛情だとしても、そのうち気持ちが変わる可能性はある。

だが、十年の月日は長い。その頃シオンは三十三を迎えている。前世よりも婚期が早いこの世界において、その年齢からの新たな恋は絶望的だった。

家族と思っているからこそ、その結末は申しわけなさすぎる。オレを待つばかりに、自分の人生を棒に振ってほしくなかった。十年もあれば、新しい恋を見つけられるはず。サウェードから離れた彼女は、今や自由の身なんだから。

歳の差を理由にすれば、多少は納得もしてくれる。そう考えた。

ところが、シオンの反応はオレの想像の真逆だった。不敵な笑みを浮かべたんだ。

怪訝に眉を寄せると、彼女は笑んだまま言う。

「お忘れですか、ゼクスさま。私はエルフです」

「それがどうした——あっ」

疑問を投げかける途中、オレはシオンの意図を察した。そして、このやり方が悪手であったことも理解してしまう。

シオンはフフフと笑いながら返す。

「エルフの平均寿命は二百年、人間の二倍は長寿です。しかも、老化が始まるのは百五十をすぎてから。つまり、三十三歳など小娘ですよ」

年齢の心配なんて無意味も良いところだった。むしろ、これを理由にしてしまったせいで、シオンは他の恋を探さなくなるだろう。確実に、オレの準備が整うのを待つと言い出すだろう。

「私は、ゼクスさまを待ちます」

案の定だった。シオンは毅然とした態度でオレを見据える。

「たとえ、二十年先でも、三十年先だったとしても、私は待ちます。もちろん、ゼクスさまが本気でお嫌なのでしたら別ですが……」

「い、いや、本気で嫌がってはいない」

オレのバカ。何で「嫌がってない」なんて言っちゃうんだよ。

——うん、涙目で「お嫌ですか?」と問われたら否定したくもなる。ベクトルは違えど、彼女のことは好きで間違いないんだからさ。

「なら、問題ありませんね」

清々しい笑顔だ。してやられた気がして、些か悔しいよ。

それに、とシオンは言葉を重ねる。

「やらなければならないこととは、カロラインさまに関する何かでしょう?」

「それは違——」

「いえ、お答えは結構です。他を犠牲にしてまでゼクスさまが優先することなど、カロラインさま関連しかありません」

「……」

一切弁明をさせてもらえなかった。日頃の行いのせいか、何を言っても信じてもらえない雰囲気があった。

オレは溜息を吐く。

「で、それが事実なら、どうするんだ？」

「お手伝いいたします」

「はぁ？」

シオンの即答に、オレは間の抜けた声を上げてしまう。

彼女は構わずに続ける。

「カロラインさまからお聞きしましたが、仲の良い家族は支え合うものだそうですね。でしたら、家族と認められた私はゼクスさまをお支えします。今回の失態を挽回する良い機会でもありますので。また、カロラインさまの危機であるなら、私もお救いしたいです。私などを姉と慕ってくださる方なのですから」

一人よりも二人の方が効率的ですよ、と締めくくった。

オレはシオンを見据える。彼女もオレを真っすぐ見つめた。

二人の視線がしかと交差する。

「「……」」

沈黙が一帯を支配するが、長くはなかった。一分も経たないうちに、オレは盛大に溜息を吐く。

「分かった、分かったよ。オレの負けだ。必要とあれば、協力を請う」

「ではッ！」

「だが、キミの気持ちに応えるかどうかは別の話だ。十年も期間が空く。その間に新しい恋が芽生えたら、オレのことは気にせず、そちらに進め」

これだけは譲れない。オレの使命に巻き込んだせいでシオンが幸せを逃すなんて、起こってはならないことだ。

オレの意思は固いと悟ったんだろう。シオンは渋々といった様子で頷いた。

「承知いたしました。ですが、お慕いすること自体は拒否なさらないでくださいね？」

「分かってるよ。そこまで無神経じゃない」

感情がままならない代物だというのは、よく理解している。だから、シオンがオレを好きでいる限り、オレも極力彼女の要望に応えよう。オレの都合に付き合わせてしまうんだからな。

「ふふっ。これから、よろしくお願いいたしますね、ゼクスさま」

「――よろしく」

コロコロ笑うシオンの笑顔は憎たらしいと同時に、普段はクールとは思えないほど可憐でステキだった。

あとがき

お久しぶりです、泉里侑希(みずさとゆうき)です。この度は、拙作の二巻をお手に取っていただき、誠にありがとうございます。私の書いた物語によって、皆さまの心を豊かにするお手伝いができましたら、それに勝る喜びはございません。

さて。早速ですが、軽く二巻の内容に触れましょう。

大筋の内容は、シオンの成長と恋路を描いたものとなっております。そこにゼクスの大立ち回りやカロンの成長がブレンドされた感じですね。

中でも気に入っているシーンは、書籍化に際して追加したカロンとシオンの女子会です。実は、ウェブ版の連載当時に（展開速度を考慮して）泣く泣く断念した内容なので、個人的にこうして表舞台に出せたことが嬉(うれ)しいです。皆さまにも楽しんでいただけたら、より感激ですね。

最後に謝辞を。

作家として未熟な私を支えてくださった担当編集さま。活(い)き活(い)きとしたキャラクターたちを描いてくださったタムラヨウさま。その他、この本の作成に携わってくださった多くの方々。そして、こうして拙作をご購入くださった読者の方々。皆さまのご助力あってこそ、拙作は書籍という形になっています。ありがとうございました！

死ぬ運命にある悪役令嬢の兄に転生したので、妹を育てて未来を変えたいと思います 2
～世界最強はオレだけど、世界最カワは妹に違いない～

発行　2024年2月25日　初版第一刷発行

著者　泉里侑希

イラスト　タムラヨウ

発行者　永田勝治

発行所　株式会社オーバーラップ
〒141-0031
東京都品川区西五反田8-1-5

校正・DTP　株式会社鷗来堂

印刷・製本　大日本印刷株式会社

ISBN 978-4-8240-0741-4 C0093

【オーバーラップ　カスタマーサポート】
電話　03-6219-0850
受付時間　10時～18時（土日祝日をのぞく）

作品のご感想、ファンレターをお待ちしています

あて先：〒141-0031　東京都品川区西五反田8-1-5 五反田光和ビル4階　ライトノベル編集部
「泉里侑希」先生係／「タムラヨウ」先生係

スマホ、PCからWEBアンケートにご協力ください

アンケートにご協力いただいた方には、下記スペシャルコンテンツをプレゼントします。
★本書イラストの「無料壁紙」　★毎月10名様に抽選で「図書カード（1000円分）」

公式HPもしくは左記の二次元バーコードまたはURLよりアクセスしてください。
▶ **https://over-lap.co.jp/824007414**
※スマートフォンとPCからのアクセスにのみ対応しております。
※サイトへのアクセスや登録時に発生する通信費等はご負担ください。

オーバーラップノベルス公式HP ▶ **https://over-lap.co.jp/lnv/**